# CORAZÓN SINCERO

CHO HAEJIN

# CORAZÓN SINCERO

Traducción de Héctor Nicolás Brasseas y Jo Soo Mee

## Ọ Plata

Argentina – Chile – Colombia – España
Estados Unidos – México – Perú – Uruguay

Título original: 단순한 진심
Editor original: MINUMSA Publishing Co., Ltd
Traducción: Héctor Nicolás Brasseas y Jo Soo Mee

1.ª edición: abril 2026

© 2019 *by* Haejin Cho
Publicado originalmente en 2019 por MINUMSA Publishing Co., Ltd, Corea.
Derechos de traducción al español gestionados con MINUMSA Publishing Co., Ltd a través de New River Literary Ltd.
All rights reserved
© de la traducción, 2025 *by* Héctor Nicolás Brasseas y Jo Soo Mee
© 2026 *by* Urano World Spain, S.A.U.
López de Hoyos, 92, Planta Baja Derecha – 28002 Madrid
www.letrasdeplata.com

ISBN: 978-84-10439-24-5
E-ISBN: 979-13-87899-62-2
Depósito legal: M-1.934-2026

Fotocomposición: Urano World Spain, S.A.U.

Impreso por: Rodesa, S.A. – Polígono Industrial San Miguel
Parcelas E7-E8 – 31132 Villatuerta (Navarra)

Impreso en España – *Printed in Spain*

# CAPÍTULO UNO

Yo vengo de la oscuridad.

La oscuridad, atrapada en el intangible borde de la eternidad, donde el tiempo no fluye, es mi origen. Sin dirección, sin saber a dónde iba, debí de vagar sola por aquel lugar. En ese momento, ¿mi forma sería redonda y dura como una semilla, o como una fina bocanada de humo blanquecino? Tal vez era un material variable que se desmoronaba o dispersaba sin remedio ante el más pequeño impulso, o tal vez no era más que un puñado de energía sin siquiera forma.

Fui creada en la oscuridad y la desagarré al nacer; no tengo padres, y tampoco tengo abuelos que hayan memorizado el sueño de mi concepción para contármelo al llegar al mundo. Tampoco hay parientes o vecinos que me sacaran una fotografía en el momento en que empecé a gatear, sentarme, ponerme de pie o hablar. No tengo copia del registro familiar donde estén consignados los datos personales de mis padres, ni el certificado de nacimiento que oficializa la fecha y hora de mi nacimiento, ni la ficha médica del hospital donde nací. En cambio, para llevar a cabo sin contratiempos mi adopción, se improvisaron un registro familiar individual y una carta de consentimiento firmada por un representante, un certificado internacional de vacunación y un permiso de viaje, una factura por los honorarios del coordinador que asistía a mis padres adoptivos con la interpretación y las gestiones y el recibo del pago de la tasa de intermediación por la adopción (que, según me informaron, incluía un descuento si el niño presentaba alguna discapacidad; siendo yo una niña sin discapacidad, deben haberme asignado la tarifa completa). Esas cosas podrían encontrarse todavía en el instituto coreano de adopción, o en algún organismo público dependiente del gobierno que gestiona adopciones.

¿Habrá existido un cordón umbilical? A veces, cuando me surge esa duda, instintivamente pongo las manos sobre el vientre y tanteo en silencio alrededor del ombligo. Sin embargo, ese ombligo no es más que un vestigio de mi madre biológica, incapaz de reproducir ni siquiera el roce de la punta de sus dedos. Una prueba impotente, un signo sin identidad, un pasaje cerrado... No conozco el aspecto ni la impresión que causaba, ni su olor ni su tacto, ni su manera de hablar ni el tono de su voz, ni sus expresiones al reír y al llorar, ni sus hábitos de sueño, ni sus supersticiones, y nunca voy a conocer nada de eso en el futuro.

Para mí, ella es otra oscuridad.

En junio pensé en ella después de mucho tiempo.

Estaba recostada en la cama de una pequeña clínica obstétrica en París, mirando la imagen de los pequeños movimientos que aparecía en la pantalla del ecógrafo hasta hacerme doler los ojos. En ella se agitaban partes que parecían una cabeza, un torso, brazos y piernas, y yo las conectaba en una sola forma orgánica. El hombre de cabello gris que se presentó a sí mismo como el doctor Jouvet me felicitó y me informó que la nueva vida estaba entrando en su novena semana. Dijo:

—¿Sabe? El óvulo fecundado recorre los miles de millones de años de la historia de la evolución de la vida en apenas 280 días. El cigoto, mediante una diferenciación constante, pasa por ser anfibio y reptil, luego se convierte en mamífero y entre los mamíferos evoluciona hasta llegar al más complejo: el ser humano. Ahora está en la novena semana, así que en unas tres semanas más se habrán formado los órganos y los genitales. Por así decirlo, este es el tiempo en que se modela el barro. Debe tener cuidado.

Fue en ese momento cuando pensé en ella: aun sin tener nada que recordar, pensé en ella, y ese pensamiento se transformó de inmediato en un deseo de verla. Un ansia por una textura desconocida inesperadamente grande, redonda y delicada.

Hasta entonces me parecía desconcertante haber sentido curiosidad por ella y haber intentado buscarla sin tener ese deseo genuino.

Al salir del hospital, en vez de ir a casa caminé por el sendero cercano al hospital. Trataba de ampliar con precisión mis pensamientos colocando las dos posibilidades en una balanza imaginaria. La luz del sol sobre mi cabeza atravesaba las hojas de los árboles y se derramaba en forma de rayos como una red tejida de luz. Me detuve y miré las hojas que se mecían echando la cabeza bien para atrás. Las hojas parecían cruzarse para proteger con su sombra verde la vida que llevaba en mi interior. Los árboles se extendían hacia arriba, y lo más alto del cielo debía de estar en contacto con el universo.

—El universo... Wu... Ju... —murmuré una vez más en coreano.

En ese instante toda la confusión que había sentido se dispersó, y en mi corazón solo quedó el nombre «Wuju». No resultaba difícil de pronunciar para un francés y, si el universo abarca todo lo existente, entonces es lo más lejano que pueda haber frente a la oscuridad. No había nada de qué preocuparse. La preocupación había llegado a su fin. La pequeña vida en mi interior que recién había sido creada y cuyo corazón recién formado hacía circular la sangre y aumentar sin cesar el número de células se llamó naturalmente «Universo». *Debo recordar este instante*, pensé. La dirección del viento, el color de las hojas, la forma de las nubes que pronto se desharían; así, cuando Universo también tuviera un lenguaje, podría contarle una larga historia sobre este momento. A partir de ahora yo debía recordar cada instante del universo, porque soy el medio que une a Universo con el mundo, la mensajera que dará a conocer su existencia a las personas y, al mismo tiempo, la testigo que debe dar fe del proceso de su crecimiento. Yo no renunciaré jamás a esos papeles, y no permitiré ni un solo instante que Universo llegue a imaginar algo como la oscuridad. Ese día, bajo los árboles del sendero, eso se convirtió en la única certeza de mi vida.

El día en que supe que Wuju había llegado a mí, recibí un correo electrónico de una mujer coreana llamada Seoyoung.

Al atardecer, cuando regresé al apartamento, encendí el portátil recostada en el sofá como de costumbre y, al acceder a mi cuenta de correo, apareció el nombre de Seoyoung. La primera vez que recibí un correo de ella había sido una semana antes. En aquel mensaje se presentó como una mujer de veintinueve años que había estudiado cine en la universidad y que desde entonces había producido varias películas independientes con amigos, y me explicó que estaba ideando una película documental conmigo como protagonista, una coreana actriz y dramaturga que fue adoptada en Francia. Entonces escribió lo siguiente:

*Hace un año leí una entrevista suya, señora Nana. Me enteré de casualidad que la anciana que regentaba un restaurante en la planta baja de la vivienda donde alquilaba había cuidado en su juventud a un niño que iba a ser dado en adopción al extranjero, y esa experiencia me llevó a reflexionar sobre mi vida, en la que había vivido como si no existieran la adopción ni las personas adoptadas. Quizá por eso me resultó aún más imposible dejar de pensar en usted, señora Nana. Pensé tanto que dentro de mí empezó a formarse una película sobre usted.*

*Luego de buscar lugares en los que usted haya vivido en Corea hasta que se la llevaron a Francia, y también al buscar a las personas con las que tuvo contacto allí, he llegado a la conclusión de que el propio proceso de descubrir el significado de su antiguo nombre, «Munju», se ha convertido en el objetivo de la película que estoy concibiendo ahora. Como usted sabrá, los nombres coreanos llevan consigo un significado particular difícil de adivinar solo por el símbolo o la pronunciación. Señora Nana, por eso hoy quiero preguntarle con todo respeto su opinión sobre la posibilidad de trabajar conmigo en Corea en esta película.*

En aquel momento pensé que era una propuesta sin sentido. Interrumpir mi vida en París para viajar a Corea y participar en la película de una directora amateur sin garantía alguna de calidad artística me parecía insensato, un juego en el que solo podía perder. Daba risa, pero pensé mucho en aquel correo, y unos días después le respondí a la joven y atrevida directora. Escribí solo una línea, una única pregunta: por qué se había interesado por el nombre de una persona adoptada como yo. Probablemente la respuesta llegaría en su segundo correo.

La entrevista que Seoyoung leyó era del año pasado, cuando visité Corea por primera vez en treinta y cuatro años para participar en un evento organizado por una organización civil coreana destinado a personas adoptadas en el extranjero. El principal objetivo del evento era ayudar a los adoptados a encontrar a sus familias y propiciar los encuentros con el apoyo del gobierno.

Entre los quince invitados, probablemente me entrevistaron porque, tras una semana de las dos que duraría el evento, yo era la única que no había logrado encontrar a su familia. Además, en comparación con los demás, yo hablaba bien coreano. Después de irme de Corea siempre seguí expuesta a la lengua, así que no tenía grandes dificultades para hablar, escuchar, leer y escribir. Cuando era niña, Henri y Lisa me compraban libros de cuentos coreanos y unos DVD de dibujitos producidos en Corea y, al crecer, yo misma buscaba en internet dramas o películas coreanas porque de verdad me gustaban. En la universidad, hice durante casi cuatro años un intercambio de idiomas con un estudiante de arquitectura coreano llamado Gihyeon. Él me aconsejó estudiar caracteres chinos para realmente tener un conocimiento profundo de la lengua, así que en esa época me compré un manual de *hanja* en una librería de segunda mano.

La entrevista tuvo lugar el martes de la segunda semana de agosto, en la segunda planta de una cafetería de Gwanghwamun, Seúl, y estuvimos charlando alrededor de una hora. Expliqué con el mayor detalle y sinceridad posible lo sucedido antes de ser adoptada y la situación en el momento de la adopción. Hablé de las vías del tren, del maquinista que me rescató, del aspecto y la edad que suponía que tenía, del ambiente de la casa donde viví durante un año mientras me llamaban Munju, y hasta del nombre del orfanato al que ingresé después... Por último, saqué de mi bolso el salvoconducto que conservaba desde que, treinta y cuatro años atrás, subí al avión rumbo a Francia, y mostré la página con la fotografía. Era un pasaporte expedido a las apuradas justo antes de la adopción, y lo había guardado pensando que, si había alguien que me recordara, quería darle todas las pistas posibles sobre mí. El periodista, que tecleaba con fuerza en su portátil, levantó la cabeza, me miró y dijo con una sonrisa:

—Además de esa historia, me da la impresión de que tiene muchas más cosas que contarnos... ¿Cómo es su vida en Francia? Hace mucho que no visita su país de origen, también me gustaría pedirle sus impresiones sobre eso.

Miré al periodista fijamente. Aun sabiendo que no podría imaginar el ánimo con que acepté la entrevista, de repente me invadió una tristeza difícil de controlar, como quien apuesta sus últimos billetes. Quizá era una tristeza cercana a la hostilidad.

Cuando terminamos, el periodista se marchó primero de la cafetería diciendo que tenía otro compromiso.

Permanecí inmóvil en aquel sitio hasta que se puso el sol y se hizo de noche. Afuera, las tiendas de campaña en la plaza de Gwanghwamun poco a poco quedaron sumidas en la oscuridad. Ya había visto la noticia en Francia, sabía que esas tiendas estaban allí para no olvidar a alguien. La noche en que vi ese especial de noticias extranjeras llovía fuerte, y ni siquiera una larga ducha con agua caliente pudo disipar el frío. Al recordarlo esa tarde me sentí aún más sola, como un náufrago que había sobrevivido a un barco hundido, pero al que nadie iba a buscar. Convertir una situación en escenario y proyectar mi soledad en un actor moldeado por mi imaginación era una costumbre que tenía hace mucho. Y me gustaba, porque la soledad transferida, siendo mía y al mismo tiempo ajena, no me arrastraba demasiado hondo.

Solo leí una vez aquella entrevista. Como se editó antes de que yo me fuera del país, pude recibirla por correo. Tal como había previsto, las tres páginas dedicaban más espacio a mi situación actual que a la información previa a la adopción. Por ese entonces había recibido un premio de dramaturgia otorgado por una fundación cultural francesa, y ese logro se destacó muchísimo. También había pedido que apareciese la foto de mi pasaporte y no lo hicieron. Resultaba imposible, viendo la foto de mi rostro actual en la cafetería de Gwanghwamun, reconocer que yo había sido la niña abandonada en las vías del tren o que alguna vez me había llamado Munju. La última apuesta que hice fue por la persona que me nombró Munju y por mi madre biológica, pero hasta ahora nunca he recibido una llamada de ellos.

Tras quedarme un buen rato mirando la pantalla del portátil, revisé el correo de Seoyoung y presioné el botón de eliminar. Yo no conocía a Seoyoung, ni tampoco sabía nada acerca de la época en que ella había pensado en Munju; es decir, desde el día en que por casualidad leyó mi entrevista en una revista de actualidad hasta que, hinchando su imaginación, concibió una película. Ese lapso de tiempo, con su cualidad y su densidad específica, era un territorio desconocido para mí.

Cuando quise cerrar el portátil, mis manos no se movieron como yo quería. *No hay necesidad de ser tan susceptible*, me dije a mí misma. Después de volver a ver la respuesta de Seoyoung a mi pregunta, podía borrar el correo de forma definitiva. Al final, volví a entrar a mi correo electrónico, recuperé el mensaje que acababa de eliminar y empecé a leer lentamente las frases que había allí.

A veces todavía lo pienso. Si en ese momento no hubiera recuperado el correo de Seoyoung, y por lo tanto no hubiese participado en la película que ella había imaginado, habría seguido viviendo sin conocer a todas las personas que encontré en Corea. Esa vida habría sido vacía como un libro al que le falta la página más importante. Sea cual sea el presente que yo viva, ahora ya no puedo volver a lo de antes.

*El nombre es una casa.*

Así comenzaba el segundo correo de Seoyoung.

*Creo que el nombre es la casa donde habitan nuestra identidad y nuestra presencia. Aquí todo se olvida demasiado rápido, y yo creo que recordar bien aunque sea un solo nombre es una muestra de respeto hacia un mundo que desaparece.*

Identidad, presencia, casa, respeto… Las palabras que había escogido Seoyoung llamaron mi atención. No, decir que llamaron mi atención no era suficiente. Esas palabras eran lo que yo más intensamente anhelaba en la vida. Casi sin darme cuenta enderecé la espalda, que tenía apoyada en el sofá, y empecé a concentrarme en su correo.

Parecía que Seoyoung ya había avanzado bastante en su proyecto. No solo había escrito la sinopsis de la película y el orden de las secuencias, también había formado un equipo, y contaba además que había firmado un acuerdo con su antigua universidad, famosa por su departamento de estudios audiovisuales, para recibir en préstamo una cámara y un lente relativamente modernos. Aunque no podía pagarme el pasaje de avión y los honorarios por mi participación serían apenas simbólicos, adjuntaba archivos de imagen asegurando que podría proporcionarme alojamiento durante los dos o tres meses de rodaje. Al abrirlos, en la pantalla del portátil fueron apareciendo una pequeña sala de estar, un dormitorio y las vistas desde la ventana. «En realidad, es mi propio estudio. Como ve, no es nada lujoso, pero no habrá mayor problema para quedarse sola aquí. Además, por la noche se puede ver la torre Namsan iluminada», escribió.

Mientras miraba las fotos con atención, se me vino a la mente la casa del maquinista que había llegado a ser para mí una especie de familia de acogida. Era una vieja casa tradicional situada dentro de un callejón, y cuando llovía, el olor de la madera impregnaba cada rincón de la casa y se extendía con un frescor punzante semejante al de la menta. Que lloviera también significaba comer una comida aplanada, parecida a una empanadilla, de un tono púrpura cercano al marrón. La madre del maquinista solía chasquear la lengua cada vez que cruzaba la mirada conmigo pero, al sentarse junto a mí en el pórtico y escuchar juntas el sonido de la lluvia mientras compartíamos aquel snack, era tan afectuosa como una abuela de verdad. No recuerdo el nombre de esa comida: se hacía poniendo pasta de frijoles rojos dulces molidos dentro de la masa, friéndola en aceite y espolvoreando azúcar encima, y desde que dejé Corea nunca volví a probarla; sin embargo, desde hacía unos días no paraba de recordar su sabor. Pensaba que si lograba comer aquel plato, imposible de conseguir en Francia, se resolverían de inmediato las náuseas que a menudo me atormentaban. Claro que lo sabía: que embarcarse en un vuelo de larga distancia en los primeros meses de embarazo solo por un antojo era una elección poco sensata, y también que, como decía el médico, debía tener cuidado con todo. En ese momento tendría que haber borrado el correo de Seoyoung o haberla rechazado con cortesía, pero no lo hice. En cambio, recordaba lo que había leído en un folleto sobre cultura coreana —que en Corea muchas embarazadas pasaban un tiempo en la casa materna para reponer fuerzas y prepararse para el parto— y me disponía a dejarme llevar por la tentación. Más que nada, la expectativa de que a través de la película pudiera encontrar al maquinista o a su madre, aun sabiendo lo escasa que era esa posibilidad, superaba todas mis circunstancias negativas. Esa expectativa era también la esperanza de que, al llegar a conocer el sentido del nombre Munju y tener un origen un poco más claro, pudiera dar la bienvenida a Wuju con mayor seguridad y orgullo.

El maquinista fue quien me rescató en las vías del tren.

Para ser más precisa, él detuvo el tren y me salvó cuando estaba a punto de ser atropellada. Por alguna razón, no envió de inmediato a la niña sin identidad que lloraba aterrorizada frente al tren detenido a la comisaría ni al orfanato, sino que la llevó a la casa donde vivía con su madre para protegerme. Llamó a esa niña Munju. Si un nombre es una casa, como decía Seoyoung, entonces yo viví dentro de ese nombre durante casi un año. Nunca registraron a Munju en documentos ni la inscribieron en oficinas públicas; era un nombre que usaban solo el maquinista, su madre y algunas personas del vecindario, y que desapareció naturalmente cuando ingresé en el orfanato. No sé por qué, siendo mi salvador y protector provisional, me dio el nombre de Munju, pero es indudable que aquel nombre nació de la bondad. No podía ser de otro modo: él fue el único adulto que, parado frente a la mesa, me acariciaba la cabeza y me decía que comiera todo lo que quisiera. A menudo me compraba dulces y los días en que su madre lo apremiaba para que «se deshiciera pronto de esa chiquilla», me levantaba en brazos y me cargaba a la espalda para dar un paseo por los alrededores de la casa. Durante mucho tiempo ni siquiera fui capaz de buscarlo. No se puede encontrar a una persona solo con unos fragmentos de sensaciones: el sabor de los dulces, la caricia de su palma y la firmeza de sus vértebras, y la voz grave que, al decir «Munju», provocaba una pequeña vibración en mi oído. En ese entonces yo tenía apenas tres o cuatro años —una edad que el médico del centro de salud dedujo observando mi desarrollo físico, de modo que tampoco era exacta—, y no fui lo bastante previsora como para anotar su nombre o la dirección de aquella casa tradicional para un futuro reencuentro. Ni siquiera los amables empleados de la organización civil, que un año atrás me había invitado a Corea y que mostraban la mejor disposición hacia los adoptados internacionales, pudieron ayudarme. Buscar a una persona sin saber el nombre, la edad ni el número de documento estaba fuera de su alcance. Tampoco había manera de conocer el sentido del nombre Munju, ya que nunca quedó registrado en ningún documento.

Pilar de la puerta.

En cierto momento, aunque fuera una explicación de segunda, llegué a apoyarme en un objeto llamado *mungidung*. Un día Gihyeon, mi compañero de intercambio de idioma, me indicó que aparecía en el *Diccionario estándar de coreano*. Por eso decidí creer en el significado de Munju. Hundiendo la cabeza en el libro de Gihyeon, leí una y otra vez la explicación que figuraba en la entrada: «Munju: columna levantada a ambos lados de la puerta para encajar el marco». Aquel día me sentí feliz. Aunque sabía que era raro que se usara como nombre propio una palabra que aparecía en el diccionario, me alegraba que Munju fuera un término familiar para los coreanos, y también me gustaba que la imagen que evocaba el *mungidung* resultara tan extraña como fascinante. El pilar de la puerta, raíz que sostiene el techo y eje de gravedad de la construcción, se me hacía como una reliquia de un país lejano al que nunca había ido.

Munju, *mungidung*, cuando los repetía una y otra vez, sentía como si me consolaran. Pero una conjetura incierta, una explicación de segunda, no puede consolarme para siempre. Cuanto más me apoyaba, más se tambaleaba mi pilar de la puerta, y poco a poco se rompía. Se volvía borroso y transparente. Abandoné la costumbre de repetir esas palabras como un conjuro, cada vez que me sentía atormentada o confundida, cuando comprendí que creer en algo incierto podía decepcionarme aún más. La fecha de vencimiento del consuelo había llegado y la reliquia había quedado clausurada.

A veces mis amigos me preguntaban por qué me obsesionaba tanto con un nombre que había sido provisorio. Yo siempre daba la misma respuesta: que Munju era para mí el inicio. Antes de ser llamada Munju, es decir, antes de que me encontraran en las vías del tren, mi vida no era más que una prolongación de la oscuridad; no guardo ningún recuerdo de aquel tiempo. El no recordar nada antes de los tres o cuatro años podría ser un fenómeno natural ligado al ritmo del desarrollo, o tal vez, como me dijo una psicóloga que conocí en la universidad, podría deberse al trauma del tren. Al no tener recuerdos, también el nombre que usaba entonces —aunque es posible que mi madre biológica ni siquiera se tomara la pequeña molestia de darme un nombre— quedó sepultado en el olvido. Al vivir como Munju fue cuando por fin pude tener sensaciones y recuerdos. Un ser completo capaz de percibir lo dulce y lo amargo, de decir que algo bueno era bueno, de sentir aburrimiento, injusticia o pesar. Todos los «primeros» recuerdos —las primeras palabras pronunciadas, las primeras escenas de un restaurante y una peluquería, las primeras razones para reír o llorar, y el instante en que comprendí por primera vez el significado del abandono— pertenecían a los días en que fui Munju. Solo al conocer el sentido de Munju también podía empezar mi historia.

Algo así conté en la entrevista de hace un año.

Si no llego a encontrar el sentido de Munju, ese fracaso se convertirá en el final de la película.

El correo de Seoyoung terminaba con esta frase. Me pareció extraño. En los caracteres estandarizados, tejidos según los programas que ofrece la web, yo escuchaba una voz serena que parecía decirme que al menos una vez en la vida podía ser imprudente. En ese momento mi corazón, que vacilaba, debió de inclinarse por completo. Si me tomaba el tiempo de rodaje como unas vacaciones de dos o tres meses dedicadas al cuidado prenatal, comiendo aquellos dulces con forma de empanadilla sin preocuparme por un posible fracaso, incluso podía pensar que la propuesta de Seoyoung no era una locura, sino más bien un golpe de suerte.

Entonces, le respondí.

Al día siguiente comencé a preparar mi partida. Volví a ver al doctor Jouvet y me dio permiso para tomar un vuelo de larga distancia después de la semana doce de embarazo, pero me recomendó regresar antes de la semana veintisiete para preparar el parto. Me suscribí a un seguro internacional que me permitiera usar hospitales en Corea, renové el visado y decidí alquilar mi estudio a una actriz más joven a cambio de que pagara los gastos de mantenimiento.

El día en que le comuniqué al director de mi compañía teatral que quería dejar de trabajar durante un año, llamé por teléfono a Lisa de regreso a casa en el tranvía. Hacía cinco años que Lisa vivía sola en Montpellier, en el sur de Francia cerca del Mediterráneo. De allí era Henri. Aquel día solo le conté que pensaba viajar a Corea; no le mencioné que pronto se convertiría en la abuela de Wuju. Desde la muerte de Henri, nos costaba incluso mantener conversaciones personales. Todo se había vuelto incómodo. Ni siquiera cuando Henri vivía habíamos sido particularmente afectuosas, pero su ausencia había añadido otra dimensión a nuestra relación, una suerte de culpa muda que hacía que las que quedábamos nos sintiéramos obligadas a cuidarnos y a compartir nuestras preocupaciones. Además, yo conocía la carencia de Lisa. Si la existencia de Wuju se convertía en una oportunidad para que esa carencia se renovara en ella, aunque fuera por un instante, yo no tendría fuerzas para soportarlo. «Confío en ti», eso dijo en el teléfono. Siempre decía lo mismo. Expresiones directas como «Estoy preocupada por ti», «te amo», «hija mía» no eran propias de Lisa. Tras hablar un poco más sobre el clima caluroso y sobre la retrospectiva de Godard que se preparaba en algunos cines de Montpellier, colgamos con una sonrisa. Un mes después, tomé un avión con destino a Corea. Con Wuju, que iba por su decimocuarta semana, con el pretexto de buscar el sentido de Munju, pero ocultando en el fondo de mi corazón que no me importaba en lo más mínimo lo que ocurriera con la película.

Fue un regreso inesperado, un año después.

# CAPÍTULO DOS

Un regreso inesperado, no había otra forma de decirlo.

Un año atrás, después de pasar diez días junto a adoptados de origen coreano llegados de todo el mundo, y de regresar luego a Francia, había decidido no volver nunca más. No fue solo porque, mientras los demás encontraban a sus padres biológicos o hermanos gracias a fotos, documentos o cartas, yo me quedaba sola en el alojamiento viendo la televisión o bebiendo cerveza para pasar el tiempo. Entonces me acosaba una soledad distinta de la que sentía en Francia. Una soledad que iba más allá de lo que podía soportar y que se expandía sin cesar en círculos concéntricos.

En Francia pensaba que con solo ir a Corea iba a obtener algo.

Henri y Lisa fueron unos padres maravillosos, y reconozco que tuve la suerte de ser adoptada en la mejor familia posible, pero mi identidad, como un árbol trasplantado, no podía dejar de manifestarse de algún modo. Por ejemplo, nunca hice un berrinche pidiendo a Henri y Lisa lo que quería. Ni útiles escolares caros, ni viajes en coche, ni fiestas de cumpleaños ruidosas. Aunque tuviera indigestión o síntomas de gripe, me quedaba quieta en la cama fingiendo dormir, y ni siquiera me quejaba cuando los chicos de mi clase me hacían comentarios racistas y sexuales. Los días que salíamos a comer fuera revisaba bien la carta para elegir un plato más barato que los que ellos elegían, y obedecía todas las normas de la escuela para que no los llamasen los profesores.

Lo que quería no era nada extraordinario. Ser honesta con mis emociones, expresar lo que me gustaba o me desagradaba sin miedo a incomodar, preguntar por qué me habían abandonado y por qué nunca habían venido a buscarme sin ocultar mi dolor... Eso quería hacer si alguna vez me encontraba con mi madre biológica o con el maquinista. Nada más.

Era una fantasía absurda.

Aunque sabía que casi no tenía nada de información para encontrar a mi madre biológica o al maquinista, añoraba esa recompensa. Y aceptar que aquel encuentro nunca sería posible me hundía cada vez más en la soledad. El final de la soledad era la impotencia.

No me fui de compras, ni a ver lugares famosos o históricos; tampoco participé en el programa que organizaron en el que cocinaban comida coreana para compartirla. Cuando el personal empezó a prestarme más atención, aquella preocupación y amabilidad me parecieron la típica compasión con incomodidad de los coreanos hacia los adoptados en el extranjero, y me encerré aún más. Se me podía ir la vida entera intentando interpretar esa compasión. Hacia el final del evento pasaba casi todo el día encerrada en el alojamiento, y mi única alegría era salir a caminar a medianoche para contemplar el momento en que las luces de la ciudad se apagaban una a una. Me gustaba ese instante en que Seúl, la ciudad de la luz, se cerraba. No, lo que observaba conteniendo la respiración no era la oscuridad total, sino las luces que nunca se apagaban: las de los minimercados, los restaurantes abiertos las veinticuatro horas, los semáforos parpadeantes. Los edificios, en los que siempre quedaban algunas ventanas encendidas incluso en plena madrugada, parecían enormes seres luminosos cubiertos con una lona negra llena de agujeros. Y en las pantallas gigantes de las azoteas aparecían, en primer plano y sin sonido, rostros de mujeres bellas sonriendo. El murmullo silencioso de las luces parecía hablarme. Y para oír ese murmullo, cada medianoche salía a escondidas del alojamiento y caminaba sin rumbo.

Al final, no encontré a nadie a través del evento; sin embargo, recordé durante mucho tiempo a dos adoptados que conocí allí.

Una era Suzie, una chica de Dinamarca, con quien compartía habitación. En una ocasión, al regresar de mi paseo nocturno al amanecer, su cama estaba vacía y en el baño se oía el ruido del agua. Imaginé que había salido y dejado el grifo abierto, así que abrí la puerta y para mi sorpresa la vi sentada en la bañera, ya medio llena, vestida con la ropa de calle. Suzie acababa de cumplir veinte años; entre los quince adoptados era la más joven y la más alegre. Ella había encontrado a su familia con facilidad, por eso casi todos los días salía a visitar a su madre biológica y a sus hermanas. Recién cuando le pregunté qué pasaba, levantó la vista hacia mí. Sus labios estaban morados por el agua fría. Cerré el grifo y le alcancé una toalla y una bata. Luego de un rato, cuando salió del baño con la bata puesta, la ayudé a llegar a la cama y la acosté con cuidado; volviéndose hacia la pared, me dijo que no le alegraba encontrarse con su familia, que solo fingía estar contenta, que todo le parecía falso...

—Cuando comemos juntas o salimos de compras, siento que mi alma se separa de ellas. Las veo con frialdad, veo cómo actuamos bajo el concepto de «familia reencontrada». Y también me veo como si estuviera representando un papel. Siempre es así. No son la familia con la que soñaba. Pensaba que serían miserables, que vivirían en la pobreza pero, cuando al fin las conocí, resulta que tienen casa y auto. Mis dos hermanas recibieron educación universitaria, e incluso mi madre cuidaba de un perro viejo. No tienen vergüenza. Yo nunca les rogué que me tuvieran, pero me trajeron al mundo y luego me enviaron a un país lejano sin mi consentimiento ni permiso. Ahora tienen un perro... Ellas no lo saben, pero yo me la paso imaginando cómo las apuñalaría, cómo pisotearía sus cadáveres y los abandonaría.

Ese día Suzie sollozó hasta quedarse dormida. Yo permanecí a su lado, acariciándole la espalda de vez en cuando. Recién entrada la mañana logró conciliar el sueño. Acurrucada como una niña, fruncía el ceño y respiraba con dificultad, como si tuviera pesadillas, y yo la observé durante largo rato.

Otro de los adoptados era Steve, de Estados Unidos. A él lo adoptaron a mediados de la década de los setenta, era unos diez años mayor que yo y, salvo algunos saludos, no sabía hablar coreano. Era bajo, pero de hombros anchos y mirada penetrante; parecía un boxeador retirado, pero en realidad era cocinero. El último día, en una fiesta en un bar cerca del alojamiento, me senté junto a él en un extremo de la mesa. Entre los adoptados presentes, los únicos que no se habían reencontrado con su familia éramos Steve y yo. En mi caso porque no había podido encontrar a nadie, en el suyo porque había rechazado el encuentro. Escuchábamos el alboroto de los demás, que hablaban de sus familias reencontradas y sus experiencias turísticas, mientras vaciábamos nuestras copas sin decir una palabra. Cuando la fiesta estaba por terminar, Steve me preguntó en inglés si mi padre o mi madre biológicos estaban en el extranjero. Desde la mitad de la mesa, la voz de Ezné, una mujer de mi edad también adoptada en Estados Unidos, resonaba fuerte. Decía que la adopción había sido la mayor oportunidad que Dios le había dado.

—No —respondí con una sonrisa leve.

—Entonces, ¿están en prisión?

—No.

—¿Tal vez murieron?

—No lo he podido confirmar. No sé absolutamente nada de ellos.

Al quedarnos callados, volvió a oírse la voz de Ezné, que aseguraba que si su madre no la hubiera dado en adopción jamás habría llegado a ser abogada. Algunos asintieron y otros dijeron que no. Solo cuando ese pequeño alboroto se calmó, Steve habló:

—A mí me adoptaron en Estados Unidos, en Minnesota, en el campo, cuando tenía siete años. Tras un viaje de veinte horas, llegué a la casa y descubrí que ya tenía allí tres hermanastros. Todos eran chicos adoptados, cada uno de un lugar y de una raza distinta. Nuestros padres adoptivos nos habían comprado para utilizarnos en la granja de maíz y recibir exenciones fiscales. Era una *fucking shit*. Apenas cumplí dieciocho, me escapé a la ciudad. Hice de todo: limpiar edificios, descargar muelles... todo lo que se pueda imaginar. *Omma* me hacía falta, pero como no tenía su número de documento, ni su dirección, no podía buscarla. Además, no tenía dinero. Así pasaron los años. Casi la di por perdida, hasta que el año pasado nació mi hijo. Al verlo, volví a sentir el deseo de encontrar a mi madre. Por eso participé en este programa y por fin descubrí su paradero. Dios mío, me dijeron que está abandonada en un albergue para personas sin hogar, en una ciudad del sur. Lo peor es que sufre desde hace tiempo una enfermedad mental y no recuerda siquiera haber tenido un hijo. Después de cuarenta años por fin la encontré, y no fui a verla. Creo que no buscaba una madre biológica, sino una madre a nivel emocional, alguien que me pidiera perdón. O quizás deseaba encontrar algo más: una madre que sintiera vergüenza por haberme abandonado, que se largara a llorar y me suplicara perdón. Mi madre morirá pronto. Fui su único hijo y, sin padres ni marido, morirá sola. Ya no puedo perdonar a nadie, nunca más.

Al terminar su largo relato, Steve apuró de un trago la cerveza que quedaba en su vaso y, mirándolo vacío, murmuró en voz baja:

—*You're lucky.*

# CAPÍTULO TRES

A las nueve de la mañana, hora coreana, después de pasar migraciones y salir por la puerta, vi a dos personas que sostenían un cartel con la palabra «Munju». Al acercarme a ellas, arrastrando mi maleta con las dos manos, la mujer que llevaba una videocámara colgada del hombro me abrazó. Era Seoyoung.

La otra persona era una compañera de la facultad de artes y Seoyoung dijo que estaba preparándose para ingresar en un posgrado luego de haberse recibido. Sin embargo, la joven bajita, de cabello corto y vestida de forma neutral, parecía más una adolescente en plena pubertad que una mujer adulta. Tal vez ese contraste se notara aún más porque Seoyoung llevaba cabello largo y un vestido que realzaba su figura.

La compañera se llamaba Soyul. *Seo* de Seoyoung significaba amanecer, y *young*, cristal; es decir, el cristal del amanecer. *So* de Soyul era pequeño, y *yul*, castaño: una persona parecida a un pequeño castaño. Cuando les pregunté el significado de sus nombres en el banco de la sala de arribos, ellas me lo explicaron alegres. Yo, como si quisiera grabármelo para no olvidarlo, repetí varias veces «cristal del amanecer, pequeño castaño» y lo anoté en la aplicación de notas del móvil. Al observarme en silencio, Seoyoung dijo, con una efusividad algo impostada, como si se le hubiera ocurrido recién, que era la primera vez que trabajaba en un proyecto cinematográfico en formato documental, pero que desde la universidad hasta ahora había hecho junto a Soyul cinco cortometrajes; el más reciente, terminado en el invierno pasado, había recibido apoyo de un organismo estatal para su producción y había sido proyectado en festivales nacionales. Me lo contó llena de orgullo. Pero luego agregó, con un gesto abatido, que lamentablemente ninguna de las películas que habían hecho hasta ahora se había estrenado en salas ni había generado beneficios por la venta de derechos.

—El problema siempre es el dinero —dijo Seoyoung y luego rio como si estuviera avergonzada.

Siguió diciendo que, como el dinero siempre había sido un problema, no habían podido utilizar decorados artísticos, gráficos por ordenador, ni música con derechos de autor vigentes, y que tanto el número de actores como el de técnicos se había reducido al mínimo. En la película en la que íbamos a trabajar juntas ocurriría lo mismo: la única actriz fija sería yo, y el equipo técnico estaría formado por apenas tres personas, incluida ella como directora. El otro miembro, que no había venido al aeropuerto, era su novio y compañero de la facultad de cine; Seoyoung me comentó al pasar que había hecho el servicio militar más tarde de lo habitual y, riendo, añadió que cuando empezáramos a rodar no me sorprendiera al verlo aparecer con un chándal viejo. Sentí cómo observaba con cautela mis reacciones, y comprendí que temía que me desilusionaran unas condiciones tan precarias de rodaje.

Pero no me sentía decepcionada. Al contrario, me resultaba familiar. Henri también filmaba siempre en condiciones igual de precarias. Seoyoung y Soyul, que no sabían que mi padre adoptivo era director de cine, no pudieron ocultar su sorpresa cuando se lo conté y mostraron interés por sus películas. Aunque sabía que me pedían de verdad que les mostrara alguna obra de Henri, no pude darles una respuesta de inmediato. No quería que imaginaran una escena en la que las tres, con comida y cerveza, viéramos juntas las películas. Si no las entendían o no les gustaban, yo me sentiría mal y esa sensación me acompañaría durante mucho tiempo.

—Ah, dijo que era *mungidung*, ¿no? —preguntó Seoyoung cambiando de tema.

Cuando empecé a asentir con la cabeza, creyendo que querría confirmar lo que yo había dicho en la entrevista del año pasado, sacó su teléfono móvil, buscó algo y enseguida me lo mostró. En la pantalla estaba abierta la categoría de *munju* en el diccionario del aparato.

—Busqué y, además de «pilar de la puerta», *munju* también significa «polvo». En la región noreste de Corea se usa para decir polvo.

Agarré el teléfono y me quedé mirando fijamente la pantalla. Como si me absorbiera un largo túnel, a mi alrededor todo se fue oscureciendo poco a poco y el bullicio del aeropuerto se volvió cada vez más tenue. Alcancé a ver cómo Seoyoung, quizá pensando que aquello podía servir como una escena para la película, encendía la cámara a las apuradas y comenzaba a grabar. La luz roja de encendido me incomodaba, pero esa sensación pronto se desvaneció. Solo podía ver una cosa: la palabra «polvo».

Polvo.

Incluso mientras íbamos hacia Seúl en el tren del aeropuerto no pensaba en otra cosa que en el polvo. A mi derecha, Seoyoung miraba con atención la grabación que había hecho en la sala de arribos; mientras, a mi izquierda, Soyul cabeceaba medio dormida.

Una materia pequeña e inútil, algo que debe eliminarse para mantener la limpieza, la última forma en que existe todo ser vivo justo antes de desvanecerse en la nada.

Cuanto más definía al polvo, más creía que era el verdadero significado de Munju. Yo había vivido siempre así, sin permanecer en ningún lugar fijo, dejándome arrastrar por la brisa más leve. Hasta hubo días en que pensaba en el polvo que vaga por todos los rincones del mundo cada vez que me preguntaba qué hubiese sido de mí si no hubiera nacido. De la nada me sentí traicionada: ¿y si el maquinista en el fondo era un hombre despiadado? ¿Y si no era como lo recordaba? Tal vez pensó que una niña abandonada en las vías del tren tenía que desaparecer sin dejar rastro. Y si fue así… ¿Munju no fue un nombre que nació de su bondad, sino del desprecio? Levanté la vista hacia la ventanilla. Aunque el paisaje entre Incheon y Seúl que desfilaba fuera del tren era parte de un verano radiante, ante mis ojos se me antojaba como una ciudad al borde de la ruina, cubierta por un polvo nocivo que lo empañaba todo.

—Hace mucho calor, ¿verdad? —dijo Soyul mientras me tendía un pañuelo.

Recién se había levantado. Al parecer, yo estaba sudando muchísimo. Cuando miré el pañuelo a cuadros bien doblado, me dieron unas ganas tremendas de contarles todo. Que estaba embarazada, que ahora estaba compuesta no de polvo sino de Wuju, que tenía mucho miedo de que por mi inmadurez algo le ocurriera a mi bebé, y que si podrían ayudarme cuando más lo necesitara…

No podía hacer eso.

No quería ni podía apoyarme en Seoyoung o en Soyul, con quienes apenas acababa de intercambiar un saludo y que, además, eran más de diez años menores que yo. Ellas, que estaban dispuestas a sacrificar tanto solo por hacer una buena película, no tenían por qué preocuparse también por mi situación y mi salud. Cuando terminara el rodaje, yo saldría de la casa de Seoyoung y, siguiendo las indicaciones del médico, regresaría a Francia antes de la semana veintisiete para prepararme para el parto. Mientras tanto, aunque mi vientre creciera, aunque mi cuerpo cambiara de forma y mis emociones se desbordaran, yo debía estar sola como siempre.

Al bajar en la estación Noksapyeong, Seoyoung y Soyul se ofrecieron a llevar mis maletas. Afuera se veía la base militar estadounidense, rodeada por un alto muro, y una hilera de plátanos frondosos. La casa de Seoyoung estaba en un barrio situado entre la estación Noksapyeong y la estación Itaewon, y me comentó que normalmente se tomaba el autobús desde Noksapyeong. Por ser el primer día, subiríamos caminando para que me familiarizara con el camino, pero me recomendó tomar el autobús la próxima vez, ya que la cuesta era muy empinada.

Comenzamos a subir. Tal como me había dicho, la pendiente era empinada y a ambos lados se veían casas que parecían antiguas. Era un poco extraño que, en medio de aquel barrio residencial común y corriente, hubiese tantos restaurantes, bares y cafeterías con interiores modernos. En cada local, las puertas estaban abiertas de par en par y, adentro, sobre todo mujeres jóvenes bebían algo mientras conversaban, leían libros o miraban la pantalla de sus portátiles. Un lugar donde el pasado y el presente, la decadencia y la juventud, la vida cotidiana y el consumo se mezclaban: así quedó grabada en mí aquella cuesta. Seoyoung me contó que se había mudado allí cuando vino a Seúl como estudiante universitaria porque era muy económico y que, en apenas diez años, para su sorpresa, se había convertido en uno de los lugares de moda de la ciudad. Por eso, habían subido tanto los alquileres, y agregó que cuando llegara el momento de renovar el contrato, tendría que mudarse. De pronto, levantó la voz un poco enojada preguntando para quién era todo ese desarrollo. Entonces yo, en lugar de preguntarle a ella, le consulté a Soyul el nombre del barrio.

—Aquí es Itaewon. O sea, Itaewon-dong, en el distrito de Yongsan. En realidad, al barrio donde vive

Seoyoung se lo conoce más como Haebangchon, pero Aldea de la Liberación no es un nombre oficial. Se lo empezó a llamar de ese modo cuando, tras la liberación de Corea del dominio japonés, comenzaron a asentarse aquí personas que regresaban del extranjero o eran refugiados del Norte. Es una especie de apodo.

—Entonces, ¿Yongsan o Itaewon también tienen un significado?

—Mmm...

Soyul, que parecía no haber pensado nunca en el significado de Yongsan o Itaewon, se rascó la cabeza y sacó el teléfono. Después de mirarlo un buen rato, al fin me respondió:

—Yongsan viene de la forma del terreno, que se parece a un dragón.

—¿E Itaewon? ¿Qué significa Itaewon?

Desde un costado, Seoyoung nos interrumpió:

—Hay dos teorías sobre el origen de Itaewon. Una es que aquí había una casa de postas *yeogwon* llamada Itaewon, y ese nombre se ha mantenido hasta hoy. A esa casa se la llamó Itae porque en la zona había un gran campo de perales. Uno de los ideogramas de *I* es peral y el de *tae* es grande. La otra es que, cada vez que en la época de Joseon había una guerra, las mujeres que habían sido violadas daban a luz y se reunían en este barrio, y la gente las llamaba *Itain*, y los ideogramas significan «personas extrañas», extranjeras. Se dice que de ese *itain* viene el nombre Itaewon.

—La segunda versión parece más convincente —respondió Soyul—. En Itaewon también viven militares estadounidenses, muchos extranjeros y refugiados, y abundan los bares gais y los restaurantes musulmanes.

Yo me limité a escuchar en silencio la conversación entre ellas. Poco después comenzamos a caminar de nuevo. Soyul, que había quedado rezagada, se acercó a paso rápido y me explicó en voz baja, como si se tratara de un gran secreto, que Joseon era el nombre de una dinastía histórica y que una *yeogwon* era la posada utilizada por quienes viajaban a caballo. Apenas pude esbozar una sonrisa para indicarle que había entendido. Joseon, *yeogwon*... para mí no eran más que palabras que pasaban de largo, como nombres de elementos de la tabla periódica o de planetas con ortografía enrevesada. Lo único que había quedado grabado en mí era «la zona de las personas extrañas, de las extranjeras».

Tras unos veinte minutos cuesta arriba, llegamos. El edificio de tres pisos en el que estaba la casa de Seoyoung se veía algo viejo, pero gracias a su posición elevada permitía contemplar claramente el camino que acabábamos de recorrer. Era una vivienda de ladrillos con buenas vistas. En la planta baja, había un restaurante.

Caminé hasta el frente y alcé la vista hacia el cartel en el que se leía «Restaurante Bokhui» con letras verdes sobre fondo blanco. Las cuatro esquinas estaban abolladas y las letras, descoloridas, como si nunca lo hubiesen limpiado o reparado desde que se instaló. Al no tener iluminación propia, el cartel no cumpliría ni siquiera con la mínima función de un letrero por la noche. Eché un vistazo al interior y vi que no había un solo cliente; solo una anciana, probablemente la dueña, sentada frente a una mesa vacía mirando un televisor de tubo anticuado.

Desde que la vi no pude apartar los ojos de ella. Era la que Seoyoung me había comentado en su correo: la que había cuidado a un niño antes de que lo dieran en adopción. En el aeropuerto, Seoyoung me contó que se había enterado de esa historia al cruzarse a un empleado de la asociación de bienestar infantil que buscaba el restaurante de la anciana, aunque nunca había hablado del asunto con ella. Por la época en que leyó mi entrevista, cuando le preguntó acerca del niño, su rostro se volvió frío y respondió de forma desagradable que no se metiera en sus asuntos. A partir de ese día, nunca volvió a comer en el restaurante.

La anciana tenía la boca entreabierta y el delantal de flores que llevaba sobre la camiseta se veía deslucido. Una mosca zumbaba a su alrededor, pero ella no se movía en absoluto, como una estatua sacada de un molde. Allí estaba la imagen de la vejez que más temía: una soledad convertida en inercia, una cólera fría hacia el mundo, todo eso contenido en el cuerpo encorvado y en el rostro apagado de esa mujer. Giré la cabeza de inmediato. No quería contemplar a otro ser humano y anticipar, a través suyo, mi propio futuro de abandono. ¿Sería Bokhui el nombre de la anciana? Tal vez. El nombre inscrito en el cartel, en la vida de aquella mujer solitaria y obesa. Mientras daba golpecitos en el suelo con la punta de mis zapatillas, lo repetí en silencio.

Para llegar a la casa de Seoyoung, había que pasar por una puertita lateral con rejas metálicas que hacía de portón y subir por una escalera exterior hasta el tercer piso. Como era estrecha, tuvimos que ascender en fila; tenía barandilla, pero pensé que de noche habría que tener cuidado. Catorce semanas: el cuerpo de Wuju ya estaría formado, pero sus huesos aún serían blandos y la sangre no lo bastante espesa. Sus órganos serían frágiles y su piel apenas una fina membrana. Wuju era como un trozo de barro sin endurecer y debía ser protegida de manera absoluta. La única protectora era yo.

Cuando Seoyoung abrió la puerta apareció un espacio acogedor, como si fuera la morada de un espíritu. Me comentó que el estudio era un solo ambiente, pero que había instalado una puerta corrediza para separar la sala del dormitorio. Me quité los zapatos, entré y dejé el equipaje, y enseguida Seoyoung me tomó de la mano y me arrastró. Mientras rodeaba la cocina y el baño, no paraba de explicarme la ubicación de la vajilla y de los frascos de condimentos, el modo de usar la cafetera, la tostadora y la lavadora, cómo regular la presión de la ducha y el agua caliente. Después me condujo a la habitación, tras la puerta corrediza. Fui recorriendo con la mirada el colchón sin somier, el armario de un marrón oscuro, la estantería, el escritorio, los cuadros, el reloj y algunos adornos. También me quedé observando la ventana por la que entraba mucha luz solar, la persiana de algodón beis, el tubo fluorescente y la lámpara de pie.

Cuando terminó de mostrarme la casa, no pude evitar preguntarle algo que venía pensando hace mucho.

—Entonces, ¿dónde vas a dormir tú?

Eso era lo acordado: durante los dos meses del rodaje, Seoyoung me daría su piso. En París, no se me había ocurrido pensar que detrás de aquella amabilidad estaba implícito también ese inconveniente tan incómodo para ella.

Me dijo que no me preocupara, que en Seúl había muchos saunas *jjimjilbang* donde podía alojarse por poco dinero, y que además tenía varias amigas que vivían solas, incluida Soyul, así que con ir quedándose en sus casas podía cubrir al menos diez días. Si realmente no tenía a dónde ir, podía quedarse en la habitación de su novio; ese era su último recurso, ya que él vivía con sus padres y por eso tendría que entrar y salir a escondidas, pero no era algo que no hubiera hecho antes. Al decirlo, sonrió radiante. En ese momento, un aroma que abría el apetito llegó desde la cocina comunicada con la sala y las dos nos dimos vuelta al mismo tiempo. Soyul estaba preparando tostadas, huevos revueltos y café. Se notaba que ya había cocinado varias veces en casa de Seoyoung. Sus movimientos eran rápidos y naturales.

Apenas terminamos ese desayuno tardío, Seoyoung y Soyul se levantaron de inmediato. Me dijeron que, como el primer rodaje sería dentro de dos días, por hoy lo único que debía hacer era descansar bien, y que para vencer el *jet lag* lo indispensable era dormir. Antes de salir, Seoyoung me entregó una hoja de papel. Era un mapa con el supermercado, la lavandería y algunos restaurantes que ella frecuentaba en los alrededores de la casa. En la parte superior del croquis estaba escrito en grande el código de la puerta.

Era un dolor terrible.

La cintura y el vientre parecían desgarrarse, y la parte interna de los muslos ardía con un dolor abrasador. No había nadie alrededor. Yo estaba sola en una cama de hierro abandonada en la oscuridad.

—¡Puja, más, más!

Desde el otro lado de la penumbra llegó una voz andrógina, como distorsionada por un aparato mecánico. Esa voz era lo único en lo que podía apoyarme. Varias veces me retorcí con todas mis fuerzas de la cabeza a los pies, hasta que las venas del cuello y el dorso de las manos se marcaron azuladas; y en algún momento, junto al llanto de una bebé, sentí de pronto el vacío entre mis piernas. *Es Wuju*, pensé aún en medio de la confusión del dolor, y enseguida esbocé una débil sonrisa. De la oscuridad surgieron dos manos pálidas que dejaron a mi lado una manta enrollada. Con el dorso de la mano aparté casi sin fuerzas el cabello sudoroso que se me pegaba al rostro y metí los dedos en la manta y la abrí con cuidado.

Dentro de la manta no había nada.

En ese instante salté de la cama como impulsada por un resorte y, desesperada, me puse a revolver la manta, pero Wuju no estaba allí. La pérdida extrema se convirtió en un frío que me helaba la sangre y las entrañas. Los dientes me castañeteaban y la piel me ardía. Esa era la realidad que me tocaba: no había podido proteger a Wuju y había vuelto a quedarme sola. Ya no pude contenerme más y estiré el cuello para gritar. Con la boca muy abierta y los hombros sacudiéndose, lloré, lloré con una desolación más amarga que nunca.

Incluso luego de despertarme seguía sintiendo frío, y mi cuerpo temblaba como si tuviera escalofríos. Acerqué la manta que se había deslizado hacia los pies de la cama y me tapé hasta el cuello. Debía de haber dormido bastante, porque la oscuridad se había instalado en la habitación como una visita. Poco a poco fui recordando que no estaba en París, sino en Seúl. Mi tierra natal, la casa de mis padres, y sin embargo ahora un lugar donde no había una sola persona que pudiera consolarme diciéndome que solo había tenido una pesadilla… Instintivamente posé las dos manos sobre mi vientre. En ese instante de miedo abrumador, la única fuente real de consuelo era Wuju.

Wuju.

Cuando la nombré en silencio en medio de la oscuridad volvió a aparecer ella entre mis pensamientos. Ella, de quien lo único que sé es una información limitada derivada de mí misma, es decir, que hace más de cuarenta años me dio a luz y que, al menos durante tres o cuatro años, me tuvo bajo su protección… Claro que hay algo más que puedo deducir. Como no dio a conocer mi existencia al mundo, es muy probable que mantuviera en secreto el parto y, de ser así, quizá me haya alumbrado en un hospital clandestino, donde no hacía falta revelar los datos de la paciente. Y como seguramente no tenía familia, debió de encargarse sola de cuidarme.

Eso significaba que había soportado el tedioso trabajo de la crianza todos los días durante varios años.

Solía imaginarla como una mujer de aspecto amigable y juvenil.

Amamantar o dar papilla a una bebé con la que no podía comunicarse, lavarla con agua tibia, cambiarle los pañales, cortarle las uñas de las manos y de los pies, darle palmadas en la espalda para que eructara y acariciarle el vientre hasta que se durmiera, una y otra vez, en una habitación aislada y cerrada… Solo sería posible con una paciencia bondadosa. Me resultaba más fácil imaginarla como una mujer que nunca había pensado en el pecado, una figura de rostro inocente que rezaba de manera habitual con la bebé en brazos.

Pero ignorar lo que es el pecado también significa que en cualquier momento puede transformarse en algo mucho peor por esa misma ingenuidad. Ella me dio a luz y me crió, pero al mismo tiempo fue quien me abandonó en las vías del tren. En ese espacio llamado vía férrea estaba implicado un mal indiferente: el de una mujer a la que no le importaba si su hija vivía o moría. Una mujer más temible por su ignorancia, la que encerraba a la bebé que lloraba en la habitación por la noche y salía a la calle, la que quedaba embarazada una y otra vez por no cuidarse, la que antes y después de mi nacimiento se sometía a múltiples abortos y, si estos no eran posibles, abandonaba al recién nacido en el lugar que le viniera en gana. Una mujer que, en definitiva, podía comprarse con dinero, una mujer que jamás había recibido de nadie un respeto verdaderamente humano... Cuando estaba en la universidad, visité el centro de orientación psicológica del campus. Siempre me había preguntado por qué recordaba de manera fragmentaria la época en que viví como Munju, pero todo lo anterior estaba sepultado en el olvido. Quería comprender por qué en mi vida las vías del tren se habían convertido en la línea divisoria entre la memoria y el olvido. En aquel entonces, la orientadora me explicó que los primeros recuerdos de un adulto comienzan alrededor de los tres años, de modo que si me encontraron en las vías hacia esa edad, era natural que no recordara la época en que había vivido con mi madre biológica. Sin embargo, añadió que el hecho de que la línea entre el antes y el después de las vías fuera tan nítida, hasta el punto de que un lado hubiera quedado totalmente borrado, significaba que en ello había intervenido mi voluntad. Durante mucho tiempo mi inconsciente había evitado acercarse de manera deliberada a los años que pasé con mi madre, y por eso aquellos recuerdos habían quedado sellados, como metidos en una bolsa negra.

—Por supuesto, debe de ser por un trauma. Al ver que un tren marchaba hacia usted en las vías, sufrió sin duda una herida psicológica. Claro que también es posible que ya cuando vivía con su madre biológica se hubiera formado ese trauma. Tal vez presenció una escena insoportable, o fue víctima de abusos.

La consejera, quizá pensando que era más importante ofrecer un diagnóstico preciso que mostrarse cauta y cortés, continuó hablando sin pelos en la lengua. En algún momento dejé de escuchar lo que decía. De repente, me levanté antes de que terminara de hablar y me fui sin siquiera despedirme. Fue mi primera y última sesión de orientación psicológica.

Después de un buen rato me levanté del colchón y apreté el interruptor del fluorescente, pero la luz no se encendió. Corrí las cortinas y vi que las ventanas de los edificios cercanos estaban a oscuras. Me puse a buscar una vela con la luz de la pantalla del teléfono, pero enseguida desistí. La casa de Seoyoung era pequeña y tenía solo lo necesario para comer, dormir, asearse e ir al baño; era poco probable que hubiese cosas para emergencias.

Pensé que debía salir, así que agarré la billetera, las llaves y el croquis que me había dibujado Seoyoung. Tenía hambre porque había dormido hasta la noche sin haber almorzado, y además ya no me sentía capaz de soportar más oscuridad. Cuando puse la mano en la manija de la puerta me asaltó un miedo inesperado: la sensación de que me precipitaría en un abismo de tinieblas al abrirla. No era algo que no hubiera sentido antes. Pensándolo bien, comprendí que era un temor que ya había atravesado treinta y cinco años antes. El primer día que dormí en la casa de Henri y Lisa también tuve una pesadilla y, tras despertar con unas ganas tremendas de orinar, no me atreví a abrir la puerta imaginando que había un pre-cipicio. Es algo que hay que atravesar, y me repetí que, una vez atravesado, no sería nada. Tras tomar una bocanada de aire giré lentamente el picaporte. Cuando la puerta se abrió, como era lógico, no había ningún abismo, sino las escaleras. Abajo, más allá de la cuesta, se desplegaban las luces, y se divisaba la torre Namsan toda iluminada. Pensé que el apagón era como un ángel pobre que solo había visitado las casas en lo alto.

Tanteando la barandilla, bajé con cuidado los vein-tisiete escalones. Salí por la puertecita lateral y, al pa-sar frente al Restaurante Bokhui, una luz tenue que titilaba en la puerta de vidrio llamó mi atención. El local seguía sin clientes. La anciana que había visto durante el día estaba sentada frente a una vela, y en la pared, su gran sombra oscilante parecía mirarla con gesto de preocupación. Durante el día, Seoyoung me había contado que el restaurante abrió cuando ella se mudó a la zona y que desde entonces jamás lo había visto lleno. Decía que no solo se debía a que el local no parecía demasiado higiénico y a que la comida so-lía estar muy salada, sino sobre todo al carácter exce-sivamente huraño de la anciana, poco adecuado para llevar un negocio. Nunca saludaba a quienes entra-ban o salían, ni mantenía lazos estrechos con la gente del barrio. Más bien siempre andaba sola, y era fre-cuente verla sin energía, distraída en el local vacío. Seoyoung creía que casi no tenía parroquianos; antes de que su relación con la anciana se quebrara ella lo visitaba apenas una o dos veces al mes, solo porque vivía en el mismo edificio. Recordando sus palabras, fui caminando hacia la puerta de vidrio sin darme cuenta. La vela debía de ser la causa. Como un accesorio preparado para un *flashback*, aquella llama titilaba por momentos grande, por momentos pequeña, hasta comenzar a iluminar una parte de mi memoria.

Luz, luces: eran las velas clavadas en una torta. Cuando alguien entró con ella en la penumbra de la habitación del hospital, todos los que bebían cerveza o vino en grupos de dos o tres miraron hacia allí al unísono. Era el día en que Henri cumplía cincuenta y ocho años, y al mismo tiempo la víspera de su alta, después de haber renunciado ya a todo tratamiento. Recostado en la cama, Henri me hablaba, a mí que estaba sentada a su lado, de la última película que había querido filmar pero no pudo, cuando empezó a buscar a Lisa. Era más cómodo que lo sostuviera su esposa que su hija. Lisa, que hasta hacía un momento permanecía sola y cohibida en un rincón, como una invitada no deseada, se acercó con paso rápido y condujo a Henri hasta la torta. Los amigos de Henri —directores desconocidos, actores de reparto, técnicos aún sin reconocimiento— se reunieron formando un círculo. Había globos, y cuando alguien colocó un gorro de cumpleaños en la cabeza calva de Henri, estallaron carcajadas por doquier, pero la atmósfera sombría de aquella última fiesta de cumpleaños, bajo la premisa de la despedida eterna, no pudo despejarse del todo. Henri escuchaba tranquilo los ruidos de móviles y cámaras digitales, los aplausos, el cumpleaños feliz y los sollozos que se colaban en la canción. Luego inhaló hondo hasta que sus mejillas demacradas se hundieron, y finalmente exhaló un largo suspiro. Las velas se apagaron.

Era la última imagen que recordaba de Henri.

Impulsivamente abrí la puerta del Restaurante Bokhui. Solo pensaba en sentarme frente a la llama temblorosa y comer algo caliente bajo la protección de aquella gran sombra. Al oír el tintinear de la campanilla, la anciana se volvió hacia mí.

# CAPÍTULO CUATRO

L a primera vez que Henri vio una película en el cine fue al cumplir doce años. La entrada fue un regalo de su madre, que se quedó en el vestíbulo junto con su hermana menor, mientras Henri subía solo las escaleras, apretando con fuerza la entrada. Hasta el momento en que abrió la puerta de la sala, debió de mirar atrás varias veces.

Ese día Henri quedó abrumado y sin aliento ante el nuevo mundo que se le presentó. No es que se sintiera fascinado por el contenido de la película. En realidad, con doce años, apenas si logró comprender la trama o las relaciones entre los personajes del *western* estadounidense que vio aquel día. Lo que hizo latir su corazón no fue el movimiento de la luz proyectada en la pantalla, sino el instante de ruptura en que los actores desaparecían fuera de ella. ¿A dónde habían ido? ¿Dónde vivían esa vida indeterminada, no escrita en el guion? Durante toda la proyección se sintió cautivado por la otra historia que estaba operando fuera de la pantalla: un territorio imaginario que debía de existir en paralelo a la imagen, aunque no pudiera demostrarse; un espacio donde quedaría velado el deseo de la cámara y que permanecería eternamente inconcluso, como esa otra vida posible que nunca llegamos a elegir... Al salir, comprendió que ya no podría regresar a los tiempos en que desconocía el cine.

No fue un camino fácil. De hecho, tuvo muchísima mala suerte. Su madre era una inmigrante turca y su padre francés los abandonó apenas nació su hermana menor y jamás envió dinero para la manutención. Desde la adolescencia, Henri tuvo que hacerse cargo de la casa junto a su madre, así que el sueño de ingresar a la universidad y estudiar cine quedó sepultado. En su lugar, trabajó en restaurantes, lavanderías y baños públicos. En su escaso tiempo libre leía teoría cinematográfica y los fines de semana iba solo al cine a ver dos o tres películas.

Algún tiempo después, luego de que su madre volviera a casarse y su hermana se hiciera adulta, Henri se marchó a París como había planeado durante toda su vida. Con veintitantos, vivía en una pensión barata y asistía a una academia privada de cine con el dinero que había ahorrado. Allí conoció a personas que se convirtieron en sus amigos para toda la vida y en compañeros de trabajo: con ellos formó una comunidad de producción cinematográfica en la que se turnaban para asumir los roles de director, técnicos y actores, filmando películas independientes y experimentales. Filmaban y volvían a filmar. En París también siguió trabajando en restaurantes, lavanderías y baños públicos; cada rodaje requería dinero y Henri seguía siendo pobre. Era más pobre que nunca. Pero la pobreza no lo hizo desesperarse. En comparación con las oportunidades mezquinas y la mala suerte que lo perseguía sin tregua, la pobreza era pan comido. Ninguna de sus películas llegó a proyectarse en salas comerciales ni fue invitada a festivales, y los guiones que revisaba una y otra vez no despertaban el interés de los inversores. Solo una vez, gracias a que un actor famoso participaría en una de sus películas, logró obtener financiamiento; pero más tarde, cuando ese actor se bajó, le retiraron los fondos. Así fue la vida de Henri desde que llegó a París.

Eso es todo lo que me contó.

El día en que me gradué de la secundaria y me mudé a la residencia universitaria, es decir, el día en que me independicé de Henri y de Lisa, él me contó esta historia, sentado entre las cajas de la mudanza en mi habitación. Su vida, que no había sido otra cosa que una montaña rusa de fracasos y desesperación; la vida de mi padre, que nadie había recompensado y que nada podía compensar, únicamente su vida... Yo pensaba en todo eso mientras empacaba con el rostro endurecido y en silencio, cuando Henri me llamó en voz baja: *Nana*. Levanté la cabeza y añadió: «Eso es la vida, Nana». Aún joven, con cuarenta y tantos, cuando todavía no habían descubierto ni una sola célula cancerígena, Henri esbozó una sonrisa muy pequeña. Aquel día, yo no logré devolvérsela.

Henri no lo sabría, pero a partir de aquel día yo también desarrollé la costumbre de imaginar lo que había fuera de la pantalla. La diferencia era que en la pantalla que yo contemplaba no se proyectaba una película, sino mi propia vida. De todos modos, era como si hubiera heredado el gen cinematográfico.

Fuera de la pantalla, fuera de mi vida, estaba Munju. No era imposible pensar en dos vidas paralelas: si yo partí a Francia y Munju se quedó en Corea, podía suponer que ella seguiría viviendo y envejeciendo al mismo ritmo que yo. En los días especiales, en los días felices, en los días en que sospechaba de esa felicidad hasta llegar a regodearme en recuerdos miserables, en los días en que, sin razón ni contexto alguno, me invadía la certeza de que todos terminarían por abandonarme, yo solía invocar a Munju, que estaba fuera de la pantalla, como quien busca un remedio de urgencia. Me gustaba imaginar a Munju. No, mejor dicho: no me quedaba otra opción que imaginarla, y por eso la imaginaba.

Cómo creció Munju, el tipo de trabajo, el momento en que amara por primera vez, el número de relaciones, la existencia o no de un matrimonio y de hijos, todo eso variaba cada vez que la imaginaba; aun así, había muchas cosas de las que podía estar segura. Que caminaba mirando al suelo; que su casa debía de estar siempre revuelta con cosas inútiles, como anillos oxidados o gafas rotas porque no sabía deshacerse de nada; que pasaba casi todos los días con un libro porque le encantaba leer y que, cuando no tenía uno a mano, tenía que leer aunque fuera un volante o la receta impresa en el dorso de un envase de comida para sentirse tranquila. Podía enumerar sin fin las coincidencias entre Munju y yo. Ella también sufriría dolor abdominal durante todo el día si bebía agua fría con el estómago vacío, y los días en que comiera pescado azul como atún, arenque o caballa le brotarían erupciones en la mandíbula y el cuello. Su risa, que se volvía más aguda a medida que avanzaba; su postura, que se hacía cada vez más encorvada y circular cuando se desesperaba; y ese pequeño corazón que, por más íntima que se volviera una relación, inevitablemente preveía de antemano su final: todo ello formaba parte de Munju.

A veces, Munju caminaba sin rumbo en un silencio helado. Cuando el sonido de las ruedas del tren le lastimaba los oídos como un zumbido, no tenía más remedio que caminar a ciegas, igual que yo. En esos momentos, el entorno de Munju solía transformarse en un paisaje con vías de tren. No, más bien era un paisaje que estaba siendo creado. Bajo los rieles había grava y a su lado crecía la hierba, que el viento agitaba y enredaba. Munju jamás miraba hacia atrás mientras caminaba y por eso yo tampoco me esforzaba en hacer que se volviera. Al fin y al cabo, yo ya conocía su rostro. Munju, arrojada fuera de mi vida, era otro yo y por eso sus expresiones y su mirada también eran las mías.

Las vías…

Las vías borrosas por las que Munju solía caminar sin fin en mi imaginación ahora se habían convertido en una realidad nítida delante de mis ojos. Era el día del rodaje de la apertura de la película, y también mi tercer día en Corea. Me encontraba de pie en el andén de la estación de Cheongnyangni.

—Qué extraño… —murmuré para mí misma.

Las vías de la estación que yo reconstruía en mi mente a partir de un puñado de recuerdos difusos no eran más que una larga línea sin fin que partía de un andén viejo y desolado; sin embargo, el que tenía frente a mí era moderno y bullicioso. Además, a ambos lados de los andenes, divididos según los destinos, había dos vías en cada uno, de modo que no existía en ninguna parte esa única línea interminable que yo evocaba. El hecho de que aquel andén y aquellas vías que cambiaban de forma cada vez que las recordaba se presentaran ahora como estructuras fijas, y que fuesen un espacio real donde iban y venían con prisa personas con temperatura corporal, expresiones y voces, me resultaba más bien como una escena onírica. Y si era un sueño, lo recordaría por sus sonidos: el ir y venir de pasos, el rodar de las ruedas de las maletas y los anuncios que informaban el número de tren, el destino y el horario de llegada y salida llenaban, sin dejar huecos, el aire alrededor de las vías.

Después de mirar un buen rato las vías, comencé a avanzar. Pronto mis zapatos cruzaron la línea amarilla de seguridad, y más de la mitad de la planta de mis pies quedó fuera del andén. Eché una mirada fugaz hacia atrás: Seoyoung y Soyul conversaban mientras revisaban el guion, y el novio, de la misma edad que Seoyoung, estaba junto a una pantalla de iluminación, mirando absorto el panel electrónico en el que las letras y los números cambiaban sin cesar. Su nombre era Eun.

Sin dudarlo, bajé del andén y me planté en medio de las vías. El andén quedaba ahora a la altura de mis rodillas. Las personas que iban y venían por el andén me miraban extrañadas, y algunos se detuvieron en seco sorprendidos. Solo entonces, alertados por el murmullo a mi alrededor, Seoyoung, Soyul y Eun comprendieron la situación y se precipitaron hacia mí bastante nerviosos. Mientras los observaba, desplegué la cartulina beige que había llevado todo el tiempo bajo el brazo. En ella estaba escrito, en mi letra desprolija, «Munju». Era una especie de accesorio de rodaje que había preparado la noche anterior en casa de Seoyoung, junto a ella.

—Está bien —les dije, señalando el panel electrónico que anunciaba la hora de llegada del próximo tren—. Está bien, grabemos ahora. Rápido.

La primera en moverse fue Soyul. Cuando acercó hacia mí el micrófono largo en forma de vara, Seoyoung, que alternaba la mirada entre el panel electrónico y yo con desconcierto, pareció de pronto captar algo, bajó a las vías con la cámara y empezó a filmar. Eun, que hasta entonces me apremiaba para que dejara la filmación y subiera de inmediato, terminó por dar unos pasos atrás y levantar la pantalla de iluminación al escuchar a Seoyoung decir que cuanto más demorara, más peligro corría. No podían saberlo: para una vagabunda que había vivido como polvo errante, las vías resultaban más apropiadas que la aparente seguridad del andén. Además, para esta errante, las vías también representaban su identidad.

En el aire veraniego que atravesaba las vías flotaba el olor áspero de la hierba.

El rodaje terminó sin incidentes, pero nadie sonrió hasta que salimos del andén. Al mismo tiempo que Seoyoung comentó que era un alivio haber terminado antes de que el personal de la estación nos llamara la atención, Eun gritó que no controlar los factores de riesgo en el set era el mayor error que podía cometer un director, y que a veces incluso podía constituir un delito. Seoyoung se enojó con Eun por su arrebato, mientras Soyul apretaba con fuerza la mandíbula agotada. Yo había bajado a las vías porque era allí, y no en el andén, donde me habían arrojado y donde me habían hallado; pero no podía decirse que una acción tan repentina hubiera sido lo correcto. Alcancé a Seoyoung y a Eun, que se adelantaban dispersos, los llamé, y después de disculparme por mi conducta, les expliqué por qué lo hice. Los dos me miraron con la misma expresión. Una expresión que estaba en un punto intermedio entre el desconcierto y la compasión.

Aunque la atmósfera amigable no se restableció del todo, había que almorzar juntos. Era una regla de Seoyoung, como directora, invitar a los actores y al equipo a almorzar el día del rodaje. Apenas terminamos de comer *udon* y *kimbap* en un pequeño restaurante cerca de la estación de Cheongnyangni, Soyul se marchó a toda prisa a tomar un autobús a su trabajo de medio tiempo en la boletería del cine. Eun y yo, cada uno con el micrófono y la grabadora que Soyul había arrendado, seguimos a Seoyoung para tomar el metro. Eun comentó que, salvo la cámara, todo el equipo lo alquilaban en la Asociación de Cineastas de

Chungmuro, y que cuanto más se demoraran en devolverlo, más aumentarían los costos, así que devolverlo lo antes posible era lo correcto.

—Claro, malgastar el presupuesto no está bien —contestó Seoyoung.

Solo entonces comprendí que ya se habían reconciliado y que para ellos la palabra «correcto» era una especie de código juguetón con el que me tomaban el pelo. Antes de bajarse en la estación de transbordo de la línea 4, Eun, que se había ofrecido a devolver la pantalla de iluminación que había alquilado y el micrófono de Soyul, me entregó una servilleta. Allí, donde estaba impreso el nombre del restaurante, había escrito el carácter 銀. Me explicó que ese *hanja* significaba «plata», el mineral blanco que se usa para hacer monedas o accesorios. Recordé que durante el almuerzo cerca de la estación de Cheongnyangni le había preguntado por el sentido de su nombre. Apoyada contra la pared temblorosa del metro, me quedé mirando durante un largo rato la servilleta.

Seoyoung y yo bajamos en la estación Hapjeong, donde había una cafetería que era su lugar de trabajo y su estudio. Seoyoung trabajaba allí tres días a la semana, y me había contado que incluso en los días libres solía pasar con frecuencia para escribir guiones o preparar los libretos técnicos. Esa fue la rutina de la que me habló la noche anterior, mientras yo escribía «Munju» en la cartulina.

Según el diccionario, en Hapjeong había un gran pozo donde habitaban muchas almejas; el carácter de *Hap* era 蛤 y significaba «almeja». Durante la época colonial lo reemplazaron por el *hanja* 合 que era más sencillo, de modo que el nombre pasó a ser el actual, Hapjeong (合井). Lo peculiar de aquel pozo era que no se había cavado para obtener agua de uso cotidiano, sino para afilar y lavar las espadas que se usaban para ejecutar a los católicos. Hacia el final de la dinastía Joseon, profesar la fe católica era considerado un crimen grave castigado con la pena de muerte. Mientras caminábamos hacia la cafetería, le conté a Seoyoung esta historia que había encontrado la noche anterior en Internet. Ella me respondió que sabía de la existencia de una iglesia por la zona y de un monumento en honor a los mártires, pero que era la primera vez que escuchaba el origen del nombre. De hecho, yo misma en París nunca le había prestado atención a los nombres de los distritos administrativos, ni se me había ocurrido que alguien pudiera interesarse en tales cosas. Cuando le dije que me gustaría ver aquel gran pozo si aún quedaban vestigios, Seoyoung me respondió que era imposible que quedara algo así: en una ciudad con un suelo tan caro como Seúl, sin duda lo habrían rellenado hacía mucho y levantado encima un edificio de apartamentos.

Al llegar a la cafetería, Seoyoung dio vuelta el cartel de «Abierto» y desactivó el cerrojo de la puerta de vidrio. La apertura era a las diez de la mañana, pero me dijo que le había pedido permiso al dueño para retrasarla hasta la tarde debido al rodaje. Apenas entró, Seoyoung comenzó a llevar granos de café de un lugar a otro y a lavar fruta, preparando todo para la jornada. Mientras tanto me senté en la barra de madera en forma de L que se unía al espacio destinado a la preparación de las bebidas.

—Buscando en un diccionario de *hanja* vi que hay más de cien caracteres para *mun* y más de doscientos para *ju*. Así que las posibles combinaciones entre *mun* y *ju* superan las veinte mil. Claro que, si dejamos de lado los *hanja* poco usados, como mun (鷭), que significa polluelo de codorniz, o *ju* (犇), que es el resoplido de una vaca, las opciones se reducen bastante —explicaba Seoyoung del otro lado de la barra mientras limpiaba tazas, cucharas y platos.

Mientras, yo escribía una y otra vez con el dedo sobre la barra: Munju, Munju, Munju. En mi cabeza se levantaban y se derrumbaban sin cesar veinte mil casas de formas distintas. Cuando por fin me animé a decirle que lo más probable era que se tratara de «polvo», ella respondió con indiferencia como si no recordara nada:

—¿Polvo? Ah, ¿se refiere al segundo significado de «Munju» que aparece en el diccionario? Que figure en el diccionario no quiere decir nada, no sería lógico usar «polvo» como nombre de persona.

Mientras hablaba, dejó sobre la barra el libreto técnico de la segunda escena, junto con el té frío de limón que le había pedido.

No le di la razón ni la contradije, solo me quedé mirando el libreto. Dos días después tenía previsto visitar el orfanato de Nazaret, donde había permanecido en régimen de tutela durante casi dos años. Aquel orfanato seguía en funcionamiento, pero la hermana Verónica, que había sido la directora en mi época, ya no estaba allí. Aunque en el lugar no debía de quedar nadie que me recordara, Seoyoung había mantenido el contacto con la institución en Incheon desde que recibió mi correo anunciándole que viajaría a Corea y hasta había conseguido un permiso de la directora actual para rodar la película. Parecía esperar que surgiera la oportunidad de entrar en contacto con la hermana Verónica.

Con el tintinear de la campanita, dos clientes que parecían estudiantes universitarios abrieron la puerta y entraron en la cafetería. Cuando pidieron dos tazas de café de filtro, Seoyoung ya no tuvo tiempo para hablar. Recogí el libreto técnico y mi bolso, y me levanté de la silla. Tras despedirme rápido y dirigirme hacia la puerta, me asaltó la duda sobre por qué ella había bajado a las vías detrás de mí.

—Ah, es que esa escena debía rodarse desde la misma perspectiva que la actriz. Además, yo también sentía curiosidad por el paisaje que usted veía en ese momento.

Así respondió Seoyoung mientras vertía agua caliente de una larga y elegante tetera. Como tenía la cabeza inclinada, seguramente no lo notó, pero entonces sonreí. O mejor dicho, debí de sonreír. Al salir de la cafetería, la luz del verano brillaba en todos lados. Como la tinta verde que se expande en un pequeño cuenco de barro, el verano que se infiltraba en mi interior iba a impregnarme cada vez con mayor intensidad. Los huesos, la sangre, los órganos y la piel de Wuju maduraban como un fruto. Apenas me tomé un taxi y me senté en el asiento trasero, me invadió un sueño lánguido.

# CAPÍTULO CINCO

Dormitando en el taxi, cuando abrí los ojos ya estaba cerca de la casa de Seoyoung. Compré unos cuantos duraznos en una verdulería y, mientras caminaba hacia al apartamento, vi la espalda encorvada de Bokhui frente al restaurante. La empecé a llamar por su nombre desde hacía dos días cuando comí en su restaurante. La señora estaba lavando bidones de plástico, bandejas y platos con el agua que salía de una manguera conectada a la cocina. Al acercarme, le tendí la bolsa de plástico y le dije que los había comprado porque quería compartirlos con ella. Entonces Bokhui, quizá por el resplandor del sol, me miró y sonrió con un gesto que parecía de fastidio. Después, lavó cuidadosamente uno por uno los duraznos con agua y los secó usando un paño de cocina.

A diferencia de lo que me había dicho Seoyoung, Bokhui era amable y también muy curiosa. Desde la noche del apagón, cuando entré al restaurante atraída por la luz de las velas, se había mostrado interesada en mí. Cuando le pedí que me cocinara cualquier cosa que no fuera picante, enseguida me trajo una sopa clara, y después de poner en la mesa el arroz y los acompañamientos, se sentó disimuladamente frente a mí.

Dijo que el nombre de la sopa era *baek sundubutang*. Tal vez por el cansancio del *jet lag* volví a sentir náuseas y me sentí incómoda pero, al comer esa sopa caliente, el estómago se calmó. Era la prueba de que la comida de Bokhui me sentaba bien. Me servía agua, acercaba los acompañamientos y, cuando estuve a punto de terminar el arroz, me trajo un cuenco más. Cada vez que nuestras miradas se cruzaban, sonreía. Al sonreír, ya no parecía el arquetipo de una anciana marcada por la soledad y la rabia, pero en cambio se la veía melancólica. Pensé que si un corazón que rodara como una pelota por tantos años, acumulando sin cesar nuevas heridas, se moldeara en un rostro humano, se vería exactamente como el de ella. Recordé a la madre del maquinista. La mirada con que me fulminaba, el suspiro profundo que soltaba siempre que me sentaba frente a la mesa, la voz con la que reprendía al maquinista mientras me miraba de reojo, y sin embargo... sin embargo todas las noches me bañaba, a menudo me llevaba al mercado, y cuando los chicos del barrio me señalaban con el dedo y me molestaban llamándome mendiga o huérfana, aparecía corriendo desde cualquier parte para alejarlos de mí. También quedó grabado en mis recuerdos el día en que, limpiándose la nariz una y otra vez con el puño, me trenzó el cabello. Cuando el maquinista, que había estado fumando un cigarrillo tras otro en un rincón del patio, me tomó de la mano diciendo que ya era hora de irnos, ella de repente me abrazó fuerte. Como el vestido nuevo se empapaba con sus lágrimas, creo que en ese momento lo único que me preocupó fue eso.

—Tiene que vivir bien, pase lo que pase. Tiene que vivir bien —dijo entre sollozos.

Aunque todavía no comprendía lo que significaba una despedida, presentí que nunca más volvería a verla. Me sentía triste, pero, extrañamente, no lloré.

Eso debía ser. Porque en el rostro de Bokhui se superponía el de la madre del maquinista y, además, porque sabía que la mujer también había cuidado en el pasado a niños ajenos. Por eso fui tan imprudente, por eso fui tan sincera. Cuando, tal vez por mi forma torpe de hablar, se rascó la cabeza y me preguntó con cautela si acaso venía del extranjero, le confesé sin reservas el recorrido de mi vida: cómo fui adoptada en Francia hace treinta y cinco años, mi vida allí, y el motivo por el cual ahora me encontraba en Corea a pedido de una joven directora de cine que vivía en una casa del tercer piso... Aunque no era más que información resumida en pocas palabras, era la primera vez que, de manera impulsiva, contaba algo así a un desconocido.

—¿*Jeil*, sabes? *Jeil, number one*. La persona con la que más, más agradecida y más en deuda estoy... te pareces a ella. Sobre todo en la mirada y en la boca... Me sorprendí —dijo Bokhui luego de escucharme.

Tal vez porque tomó consciencia de que venía del extranjero, cambió el tono de voz y empezó a hablarme como si fuese una niña. Cuando dijo «me sorprendí», abrió mucho los ojos y abrió grande la boca, como si quisiera mostrarse sorprendida. No pude evitar reír. Bokhui me miró con sus pupilas color castaño. Sentía que podía medir su amabilidad, su tamaño y su peso, con la mano. Sin duda, esa amabilidad provenía del niño que había criado alguna vez.

—¿Qué significa Bokhui? —pregunté antes de salir del restaurante, mientras pagaba la comida.

Desde que había llegado a Corea, preguntar por el significado del nombre de las personas que iba conociendo se había convertido en una especie de rito de paso.

—*Bok* y *hui*, los dos significan buena suerte. Como *lucky*, ¿sabes?

—Entonces Bokhui es una persona *lucky* y además *Lucky*.

—Claro, sí.

Asentí con la cabeza para mostrar que había entendido. Bokhui me tomó fuerte de la mano y me dijo:

—Vuelve otra vez. Si hay algo que quieras comer, dímelo cuando quieras. Lo que sea, todo, *every*, *every*, ¿de acuerdo?

Lo que sea, todo, *every*, *every*… En las palabras que ella, *Lucky* y además *lucky*, había elegido, había calor humano, y solo entonces pude sentir de verdad que había regresado a mi tierra natal.

Sentada en una mesa vacía, mordía un durazno que Bokhui había lavado con esmero cuando escuché que alguien la llamaba por su nombre. Una anciana, que parecía de la misma edad que ella, se acercaba con lentitud empujando un carro en el que había amontonados de cualquier manera cajas de cartón, botellas vacías y plásticos. Bokhui se enderezó trabajosamente al ponerse de pie y la recibió con alegría. Enseguida las dos se sentaron juntas bajo el toldo del restaurante. Tenían una estatura similar, pero como la anciana era tan flaca, Bokhui se veía más grandota que de costumbre; y quizás por lo distintas que eran me entró todavía más curiosidad por el origen de esa amistad. Cuando Bokhui sacó un paquete de cigarrillos de su delantal, la anciana encendió uno y aspiró con fuerza, hasta que sus mejillas se hundieron. Yo no podía apartar la vista de esa imagen. Mientras ella fumaba, Bokhui volvía de vez en cuando la cabeza hacia mí, como para asegurarse de que yo estuviera bien, y cuando nuestras miradas se encontraban, me regalaba una pequeña sonrisa. Cuando la anciana terminó su cigarrillo, Bokhui le puso el paquete en la mano y luego fue apilando con cuidado en su carro varios táperes con comida.

Cuando la anciana se marchó empujando el carro, Bokhui volvió a entrar con una bandeja y un táper aun húmedo. Cuando le ofrecí un durazno, agitó la mano diciendo que no podía comerlos porque tenía los dientes débiles y se dirigió a la cocina dando grandes pasos. Desde allí se oyeron ruidos de platos. Enseguida salió con dos cuencos de fideos. En esos dos días las náuseas habían desaparecido, y en mí había surgido una curiosidad y un asombro infinitos hacia toda la comida del mundo, y los platos que cocinaba Bokhui despertaban aún más mi apetito. Los fideos que preparó con el caldo de *kimchi* llamado *dongchimi* eran claros, frescos y sabrosos. Mientras me esforzaba por comerlos con palillos, Bokhui apartó un poco de su ración en mi cuenco y, como si me reprendiera un poquito, me dijo que comiera despacio para no empacharme. ¿Por qué? ¿Por qué esas palabras tan sencillas me hicieron un nudo en la garganta? Cuando tosí y bebí agua, Bokhui me preguntó:

—¿Qué pasa, los fideos no te gustan?

Su mirada estaba cargada de una preocupación sincera. Quizás fue porque en ese instante la sentí tan cercana, que empecé a describirle aquel plato de la nada. Tal vez también porque me vinieron a la mente las palabras, «cuando quieras», «lo que sea», «*every*» y «calor humano». Y además porque pensé, de manera bastante realista, que ella, con sus casi diez años de experiencia al frente del restaurante, seguro conocería aquel alimento de color púrpura, en forma de empanadilla aplastada, con pasta de porotos dulces en el interior y cubierto de azúcar por fuera.

Después de escuchar mi descripción, me respondió que si conocía algún dibujo, lo copiara tal cual, y me sugirió que la próxima vez se lo llevara. ¿Ni siquiera ella conocía aquel plato? Claro, en ningún restaurante de Corea lo había encontrado hasta ahora. Volví a tomar los palillos, y Bokhui, que por un momento pareció observarme con cautela, enseguida preguntó con voz tímida:

—Oye... ¿has estado en Bélgica? Dijiste que venías de Francia. Miré el mapa y vi que Bélgica y Francia están pegados, así que seguro fuiste, ¿no es así?

Para mí, que solía usar los trenes baratos que hacían escala en Bélgica al viajar de Francia a Alemania o a Inglaterra, Bélgica era una gran sala de espera. Cuando le dije que había ido incontables veces, Bokhui sacó del bolsillo de su delantal una fotografía. Parecía tomada con una cámara de rollo y revelada en un cuarto oscuro. Daba la impresión de que no desentonaría en un museo; era una foto vieja y gastada que al parecer había preparado de antemano para mostrarme.

—Es una niña —dije, observando la foto.

Seguro era la niña que Bokhui había cuidado, pero decir que se parecía a mí o a esa «number one» era exagerado: nuestros rasgos eran muy distintos. ¿Sería que Bokhui me veía con unos ojos diferentes? No lo sabía.

—La foto es de cuando tenía siete años. Ahora ya debe de ser adulta, estará trabajando, casada... viviendo su vida, supongo.

—...

—Pero dime, ¿no recuerdas haber visto en Bélgica a alguna niña con esta cara? Aunque fuera alguien parecida, ¿eh?

Dejé de mirar la foto y alcé la cabeza. Bajo los párpados caídos, sus pupilas castañas temblaban. En ese momento debí de presentirlo: que entre Bokhui y la niña de la foto había una historia que iba más allá de una relación temporal de acogida, y que Bokhui había añorado a esa niña durante muchísimos años...

Aunque respondí que era un rostro que nunca había visto, seguí mirando fijamente a Bokhui. Al notar mi mirada, ella guardó la foto y me sorprendió con unas palabras inesperadas.

—Fue la primera niña que recibí.

—¿Recibiste a una niña?

—Cuando nació la niña, yo la saqué con mis propias manos, yo le limpié la sangre, yo le corté el cordón umbilical.

—¿Entonces quiere decir que antes trabajaba de partera?

—No solo eso, pero hice trabajos parecidos, durante casi cuarenta años, por todos lados... —balbuceó inclinando la cabeza.

No añadió nada más y volvió a comer sus fideos. Pensé que, si era una niña a la que había cuidado desde que nació, no debía de ser diferente a una hija propia. Criarla como a una hija y luego darla en adopción no era lo mismo que cuidar temporalmente a un niño destinado a ser adoptado. Una cosa era abandono y la otra protección. No quise saber más. Mi vida hasta ahora había sido una lucha por huir de esa clase de historias, y además, ahora estaba con Wuju.

Tenía un sabor amargo en la boca. No terminé los fideos, me puse de pie con el rostro rígido y, tras despedirme de Bokhui con desgano, salí del restaurante. Desde atrás me dijo que volviera, pero no respondí ni la miré. Lo único que quería era dormir. Sentía que, si lograba caer en un sueño profundo, todos los malos recuerdos quedarían retenidos en un colador transparente y se escurrirían hacia el territorio del inconsciente. Era extraño. Mi encuentro con Bokhui se reducía a la relación entre la dueña de un restaurante y una clienta, y apenas la había visto dos veces, sin embargo, yo estaba herida, como si acabara de ser abandonada por alguien a quien había conocido durante mucho tiempo. Me abracé el vientre con una mano mientras subía las escaleras y pensé que ahora mi único refugio era la casa de Seoyoung. Tal vez por eso, las escaleras me parecían un pasadizo para escapar de este mundo. Un refugio tuyo y mío, un nido de pájaro, un lugar que nadie podría invadir ni destruir...

# CAPÍTULO SEIS

L uego de vivir un año como Munju en la casa del maquinista, el verano siguiente me convertí en una niña sin nombre y me enviaron al orfanato. Con un vestido nuevo, el peinado que con esmero me había hecho la madre del maquinista y, en lo más íntimo de mi ser, la súplica de que, pasara lo que pasara, viviera bien... Fue un viaje largo desde Seúl hasta Incheon: tomé autobuses y el metro, y me mareé tanto que me puse pálida; al bajar del último autobús acabé sentándome en cuclillas al borde del camino y vomité. ¿Qué expresión tendría en el rostro el maquinista que me acariciaba la espalda?

No lo recuerdo.

—Hasta finales de los 80, los alrededores del orfanato estaban sin asfaltar, así que después de bajar del último autobús debió caminar un buen trecho.

Intervino la hermana Gemma desde el sofá de enfrente. Ella estaba escuchando atentamente mi relato con las manos juntas sobre el regazo. Ahora que lo pienso, en aquel entonces alrededor del orfanato no había más que chabolas, y ni rastro de casas ni de edificios. El orfanato tampoco tenía tres plantas como ahora, sino que era una vivienda común adaptada; de noche el espacio era tan reducido que los niños tenían que dormir amontonados con las piernas y brazos cruzados, y tampoco existían instalaciones como gimnasios o bibliotecas. Según me dijo, ahora en el orfanato Nazaret vivían siete niños en edad preescolar. La institución en sí creció, pero la cantidad de niños se redujo a una quinta parte.

La hermana Gemma, que parecía más joven que yo, me contó que se había convertido en la directora hacía dos años cuando la hermana Verónica se trasladó a una residencia de ancianos gestionada por una fundación católica. La residencia estaba en Mokpo, una ciudad portuaria, de modo que la hermana Verónica se hallaba mucho más lejos de lo que Seoyoung y yo habíamos imaginado. Sin embargo, nos tocó una desgracia inesperada mayor que la distancia del lugar: la hermana Verónica había sido diagnosticada con demencia y depresión. Era poco probable que una paciente así recordara a una huérfana enviada a Francia más de treinta años atrás y al tutor temporal que la había entregado. Quizá Seoyoung pensó lo mismo, porque al oír de boca de Gemma el diagnóstico de Verónica no logró disimular su desconcierto.

La hermana sacó de su escritorio una gran carpeta, diciendo que la había preparado para mostrármela. De aquel viejo legajo extrajo la planilla original de una niña inscrita con el nombre de Park Esther, donde estaban anotadas sus medidas físicas y la situación de la adopción; también el certificado de orfandad y el registro civil individual bajo el mismo nombre, y una copia del consentimiento de adopción firmado por Park Yeonghui. En ninguno de los documentos figuraba información alguna sobre el maquinista. Mientras repasaba uno a uno los papeles, recordé que durante el tiempo que fui Munju mi apellido era Jeong, y que al ingresar en el orfanato mi nombre había cambiado de Jeong Munju a Park Esther. Pasé unos dos años siendo Park Esther. Aunque viví más tiempo bajo ese nombre que como Jeong Munju, nunca llegué a sentir por él ni afecto ni apego. Tal vez se debiera a que en la vida del orfanato no había casi nada que pudiera considerar una experiencia propia: nombres parecidos entre sí, horarios rígidos, la misma dosis de carencias e inquietudes compartida con los demás huérfanos, el afecto promedio y rutinario de varios adultos, entre ellos la hermana Verónica, y la indiferente rutina de niños que eran adoptados en el extranjero para ser reemplazados por otros. Todo eso embotaba mis sentidos.

A mi lado, Seoyoung enfocaba con la cámara principal los documentos que yo examinaba, mientras que Eun, a nada de distancia, sostenía otra cámara con la que filmaba en plano general a la hermana Gemma y a mí. Como hoy solo estaba prevista la filmación en interiores, Eun parecía haber traído una cámara auxiliar en lugar de los paneles de luz. Soyul, igual que en la estación de Cheongnyangni, mantenía cierta distancia para no aparecer y acercaba el micrófono hacia la mesa; esta vez no tenía forma de caña, sino que estaba colocado sobre un soporte y parecía una escopeta de caza.

—Park Yeonghui es el nombre secular de la hermana Verónica. Durante el tiempo en que estuvo aquí, a las huérfanas sin registro les ponía nombres de santos o justos que aparecían en la Biblia, y a todos les daba el apellido Park. Supongo que era su manera de transmitirles una sensación de familia.

—...

—En ese sentido... —La hermana Gemma se acomodó las gafas y se tomó un instante para elegir las palabras—. En ese sentido, estoy convencida de que el maquinista que la trajo aquí era de apellido Jeong.

—...

—¿No dijo que ese maquinista la nombró Jeong Munju? A veces me pregunto si en otro momento quiso llevársela de nuevo. Es muy raro que la persona que encuentra a una niña abandonada se ofrezca a acogerla en su casa durante un año entero.

—...

No fui capaz de añadir ni una palabra. No podía juzgar nada. Cuando el silencio se prolongó, Seoyoung dejó la cámara a un lado y preguntó a la hermana Gemma:

—¿No habrá alguien de esa época, alguien que trabajara con la hermana Verónica, que recuerde el nombre o la dirección del maquinista?

—Sé que había otra hermana, pero dejó la vida religiosa hace mucho tiempo y yo ni siquiera llegué a verla. Tampoco tengo su contacto. Creo que sería mejor que fueran primero a la comisaría. Por muy buena que fuera la intención al ofrecerse para acoger, había que reportarlo a la policía. Seguramente, quedaron registrados sus datos al redactar el informe.

Al oír a la hermana Gemma, Seoyoung agachó la cabeza. Miraba al suelo con el gesto serio de quien revisa lo que se le había pasado por alto, y solo después de ver a Soyul haciéndole una seña levantó de nuevo la cámara sobre el hombro y apuntó hacia mí con naturalidad. En ese instante supe que la escena en el orfanato terminaría con un primer plano de mi rostro sorprendido que se fundiría poco a poco hasta desvanecerse.

Mientras Seoyoung se llevó a Soyul y Eun a filmar escenas del orfanato que pudieran usarse como planos de fondo para la película, yo salí de la oficina de la directora y caminé por el pasillo que llevaba a la salida. En las paredes del pasillo y el vestíbulo había infinidad de fotografías enmarcadas; enseguida comprendí que eran retratos de los niños que habían pasado por el orfanato Nazaret. En la pared que unía la escalera con el vestíbulo encontré un rostro familiar y me detuve. Parecía una foto tomada justo antes de marchar a Francia: seis o siete años, los ojos muy abiertos, como sorprendida, y la boca entreabierta, Park Esther, o más bien Jeong Munju… Con dolor, eché la cabeza hacia atrás y me quedé mirando la fotografía durante mucho, mucho tiempo.

Al salir, lo único que se veía era el suelo de cemento ocupado por coches estacionados; no quedaba rastro del descampado donde casi cuarenta niños jugaban a la pelota o al elástico. En aquel descampado no había ni siquiera una hamaca, pero abundaban la tierra y la arena, y varios árboles grandes siempre daban sombra. En algún lugar de aquel descampado enterré mi espejo de mano la madrugada del día en que partí hacia Francia. La hermana Verónica me explicó con calma que, tras subir al avión y dormir muchísimo sobre las nubes, llegaría a Francia, y que en el aeropuerto me estarían esperando un hombre calvo y una mujer alta, a quienes había visto una sola vez dos meses antes en el orfanato. Como cada vez que alguien estaba a punto de marcharse, esa tarde también hubo una pequeña fiesta. Rezamos juntos, compartimos manjares como tarta y *bulgogi*, y después cada uno de los niños que se quedaban me dio un beso en la mejilla antes de despedirse. Yo me froté la mejilla cubierta de tantos besos con el dorso de la mano y me acosté a la hora de siempre, pero me quedé despierta hasta el amanecer. Cuando empezaron a oírse los pájaros y la luz fue filtrándose poco a poco por la ventana, me levanté en secreto, tomé mi objeto más preciado y salí al descampado. Me acuclillé y me quedé mirando el espejo que llevaba conmigo. Dentro de él se alojaba una parte oscura y borrosa de mi vida. Al cabo de un momento cavé la tierra todo lo hondo que pude y lo enterré, o más bien el rostro que se reflejaba en él. ¿Sería gracias a ese espejo que pude imaginar a Munju quedándose aquí y envejeciendo a la misma velocidad que yo?

—Por fin la encuentro.

Era la hermana Gemma. Estaba detrás de mí y parecía nerviosa como si tuviera algo urgente que decirme.

—Tengo un favor que pedirle, hermana —dijo, dando un paso hacia mí—. La verdad es que…

—…

—La verdad es que el estado de la hermana Verónica ha empeorado mucho. Ni siquiera a mí me reconoce y eso que llevo diez años a su lado. La enfermedad apareció de forma repentina, y su avance ha sido tan veloz que todos estamos desconcertados.

—¿Quiere decir que de la nada perdió la memoria?

—Sí…

La hermana Gemma no pudo terminar y miró a su alrededor un instante con expresión incómoda. Al continuar su voz se hizo más baja:

—Hasta aquel incidente, nadie sabía nada de la enfermedad de la hermana Verónica.

Los síntomas, que nunca se habían manifestado con claridad, estallaron de pronto una noche. Verónica destrozó todos los objetos sagrados de su habitación, agarró algo de los escombros y se cortó el antebrazo y el muslo.

¡Señor! Mientras la hermana Gemma hablaba, en mis oídos se repetía como un eco el grito de Lisa. El día que el médico le dijo que el cáncer de Henri había vuelto y se había extendido por todo el cuerpo, Lisa regresó a casa borracha, abrió de par en par el armario, la nevera y la puerta del baño, y gritó hacia su interior, una y otra vez, con las venas del cuello marcadas: «¡Usted es un hijo de puta, Señor!».

Henri estaba en el hospital, así que la única que presenció la escena fui yo. Lisa, que apenas alzaba la voz para decir lo necesario y que dondequiera que estuviese mantenía siempre una postura encorvada, jamás había mostrado un aspecto tan furioso como esa vez. *Igual que Munju y Nana*, pensé al evocar de nuevo, después de tanto tiempo, a esa Lisa enardecida. Las luchas solitarias de Verónica y de Lisa que, hábilmente ocultas, estallaron de pronto y desgarraron la vida cotidiana, se me aparecían como dos imágenes surgidas de un mismo cuerpo. Gestos de dolor que, frente a un Dios reducido a impotente espectador, no eran más que amenazas vacías...

Probablemente lo que evitó que Lisa fuera arrinconada hasta el límite, a diferencia de Verónica, fue Henri. Su altura, cercana al metro noventa, la silueta tosca, la complexión robusta y la voz áspera. Para la mayoría, Lisa era un gigante arrojado a Liliput, pero Henri la trataba como a un pajarito posado sobre su hombro. Siempre observaba con atención el estado de Lisa y la acariciaba con una delicadeza infinita. Creo que fue gracias a esos recuerdos que Lisa pudo soportar la ausencia de Henri y volver a encarrilarse en la rutina cotidiana.

—Mi petición es, en fin... que no vaya a visitar a la hermana Verónica. Es alguien que no querría mostrarse enferma y frágil y menos ante las niñas a las que cuidaba como si fueran sus hijas. Eso se lo aseguro.

Le respondí a la hermana Gemma que así lo haría, que no tenía derecho a rechazar su petición. Cuando ella se dio vuelta después de inclinar ligeramente la cabeza, yo le di las gracias sin pensar.

—¿Eh? ¿Por qué?

—Por creer en el maquinista que me salvó.

—Ah...

La hermana Gemma no pareció comprender del todo por qué le daba las gracias, pero yo no le ofrecí más explicaciones. Solo yo sabía que su conjetura sobre que el maquinista había querido volver a buscarme era errónea. En ese instante comprendí que ya no podía seguir ignorando los sentimientos que había tenido al enterrar mi espejo en el descampado. Entonces, mi pequeño pecho estaba lleno de resentimiento. Incluso me prometí que, aunque llegara a ser alguien de un éxito tan enorme que todo el mundo me reconociera, jamás buscaría al maquinista. Porque la que más creyó que un día él vendría de nuevo a buscarme, fui yo. Sin embargo, hasta el día en que partí a otro país, él no hizo ni una sola llamada al orfanato. Nunca se interesó por mi bienestar, ni por dónde ni cómo vivía, ni siquiera por si estaba viva o muerta. Desde el momento en que me dejó en el orfanato, jamás volvió a buscarme.

Llegamos a Seúl luego de viajar más de una hora en metro desde Incheon. Seoyoung dijo que quería reestructurar una secuencia de la película, y se fue con Eun a una cafetería en Hapjeong, mientras Soyul se marchó como siempre a su trabajo de medio tiempo vendiendo entradas. Yo tomé un autobús hasta las inmediaciones de la casa de Seoyoung y caminé observando con atención cada cartel. Según Google Maps, cerca de la estación de Noksapyeong había tres clínicas de obstetricia y ginecología. En una de ellas pensaba atenderme hasta regresar a Francia.

La primera clínica que visité tenía un olor tan fuerte a desinfectante que me fui, pero en la segunda me registré de inmediato. La sala de espera era pequeña y me dio la sensación de haber sido invitada a la casa de alguien.

La doctora, después de algunas pruebas, me informó que a las dieciséis semanas el tamaño de Wuju era de 10,2 centímetros y su peso apenas superaba los 120 gramos. Me dijo que todo su cuerpo empezaba a cubrirse de un vello fino en forma de remolino, que ya tenía órganos sexuales y cejas, y que orinaba cada tres o cuatro horas. Añadió que pronto se desarrollaría también el diencéfalo, y que entonces mis emociones se transmitirían por completo a la bebé, de modo que ella sentiría exactamente lo mismo que yo.

—Veo que viene de Francia. ¿No tiene ningún tutor en Corea? —preguntó la doctora mientras revisaba mi planilla.

—Mi tutora soy yo misma. No tengo a nadie más.

Al oír mi respuesta, su rostro adoptó una expresión complicada, pero por suerte no preguntó nada y se limitó a recomendarme que tomara un complejo vitamínico. Al salir de la consulta, el vídeo que había visto en la pantalla durante la ecografía ya me había llegado al teléfono. El personal del hospital también me entregó una pequeña libreta, al parecer destinada a registrar los cambios del cuerpo y el estado de salud de la madre hasta el parto. Cuando saqué la billetera del bolso para pagar la consulta, salió también una servilleta arrugada. Al ver el carácter de «plata» escrito en ella, empecé a reconstruir en mi memoria la mano de Denis. Esa mano que había olvidado durante tanto tiempo aparecía como una figura en una película rebobinada. No solo la forma de la mano que sostenía la servilleta, sino también la hondura de las arrugas y la inclinación de los tendones se volvían cada vez más nítidas.

¿Dónde habría sido? Tal vez en un *pub* cercano a la compañía teatral. En esos tiempos, Denis era un actor novato que acababa de comenzar su carrera; había asistido a ver una de mis obras y, por la recomendación de un director amigo suyo, terminó sumándose a la reunión. Era un gran conversador y con su humor particular solía arrancar muchas risas a la gente de la compañía. Yo escuchaba distraída sus historias, que dominaban el ambiente, cuando bajé la mirada hacia debajo de la mesa y vi su mano aferrando la servilleta con tanta fuerza que se le notaba la sangre. *Se está esforzando*, pensé. Para él, la mano no era una simple extremidad del cuerpo, sino una materia independiente que extraía la forma de su interior y la volvía visible. Durante el tiempo que fuimos amantes, yo observaba con más atención el estado de sus manos que sus gestos o su manera de hablar. Que apretara con fuerza un objeto pequeño, como una servilleta, era señal de tensión; si se enrojecían en exceso, era timidez; cuando se volvían pálidas hasta un tono cercano al azul, ocultaba la vergüenza. La última vez que vi sus manos no apretaban nada, ni estaban rojas ni pálidas. Permanecían sin ningún cambio, incluso mientras me decía que ya no me amaba. Ese fue el signo más certero de nuestra despedida. Y aun así, tras separarnos, Denis y yo seguimos cruzándonos con frecuencia, y algunos días llegamos a pasar la noche juntos sin expectativas ni perspectivas. Si él fue un hombre egoísta que me utilizaba, yo no era distinta. Ambos fuimos sinceros con nuestra soledad, pero no la usamos como rehén para depositar esperanzas en el otro. Yo solía pensar que, en cierto modo, era un alivio.

Unos días antes de venir a Corea, es decir, después de haber sabido ya de la existencia de Wuju, me crucé con él una vez más. Fue en la función de despedida de un actor veterano que conocíamos los dos. Al terminar la obra y salir al vestíbulo, vi la espalda de Denis, que miraba a su alrededor como si me buscara. Desde lejos lo observé un momento y luego fui hacia la puerta trasera del teatro. No deseaba que Wuju se convirtiera en una hija secreta, pero tampoco tenía intención de ser yo quien revelara primero ese secreto. Yo elegí a Denis y él quería vivir solo, sin familia, y el amor ya había pasado. A mi entender, la relación entre Denis, Wuju y yo era equitativa: Denis no tenía ninguna responsabilidad respecto a ella; Wuju, sin el permiso ni el consentimiento de Denis, iba a convertirse en mi familia; y yo, por mi parte, no pensaba guardarle rencor a Denis nunca.

Volví a guardar la servilleta en el bolso.

De camino a la casa de Seoyoung, compré un complejo vitamínico en la farmacia y varias verduras, una bolsa de arroz y pan de centeno en el supermercado. La luz veraniega del atardecer se filtraba por la calle con un resplandor oscuro como de tinta. De pronto sentí hambre. Repartí las bolsas en cada mano y, mientras subía rápido la cuesta, vi a lo lejos el restaurante de Bokhui iluminado.

Pasé de largo frente al restaurante y al abrir la puertita lateral escuché la voz de la anciana a mis espaldas. Como si no encontrara la manera adecuada de dirigirse a mí, me llamó «¡Tercer piso, tercer piso!» varias veces seguidas con un gesto de la mano. No me sentía capaz de acercarme a ella. Siempre he pensado que, cuando uno no desea conocer una verdad, la manera más razonable de lidiar con la situación es evitar el lugar en que esa verdad pueda ser revelada.

—Será solo un momento, venga.

Aunque le inventé que estaba cansada y quería descansar, el tono de Bokhui era apremiante. Ya no sabía con qué palabras rechazarla, y tampoco quería mentir diciendo que tenía cosas que hacer o que estaba esperando una llamada.

No me quedó otra que entrar a su local. En una de las mesas vi que ya estaban dispuestos el agua, las cucharas y las guarniciones. Apenas me senté, Bokhui entró en la cocina, y comenzó a sentirse el aroma tostado del aceite. Enseguida volvió con un plato y apenas lo vi no pude más de la sorpresa. Sobre el plato había ordenadas unas piezas de esa comida: el alimento de forma aplanada semejante a un *mandu* de un color púrpura amarronado.

—¿Cómo…?

Antes de que terminara la frase, Bokhui soltó una carcajada y se sentó frente a mí.

—¿Qué cómo ni qué cómo? Después de escuchar tu explicación me quedé pensando y lo entendí enseguida. *Surprise*, ¿sabes? Una *surprise*. ¿Sabes cómo se llama esto?

Negué con la cabeza y Bokhui se inclinó hacia mí, acercando el rostro para pronunciar lentamente, sílaba por sílaba:

—Su, su, bu, kku, mi.

—¿Su, su, bu, kku, mi?

—Eso es, *susubukkumi*. Susu es un cereal llamado «mijo». Si vas hacia el este, hasta Gangwon-do, llegas a una región montañosa, con tierras pobres donde el arroz no se da bien. Pero el mijo crece incluso en suelos malos, así que hacían estas cosas para comer.

Podía notar que a Bokhui se le complicaba traducir el significado del bocadillo en términos fáciles de entender, así que solo la observé en silencio. Murmuré *susubukkumi, susubukkumi*, y al darle un bocado, el sonido de la lluvia, el olor de los árboles mojados y una voz que me llamaba *Munju*, irrumpieron en mis sentidos uno tras otro. Todo se agitó dentro de mí.

—Está rico —susurré con la cabeza gacha.

Bokhui me sostuvo la mirada y enseguida se levantó para traer una botella de *soju*. Luego de tres sorbos, me preguntó qué tal era Bélgica.

—¿Se puede vivir bien allí? Aunque uno tenga un aspecto distinto, aunque la sangre esté mezclada, no hay discriminación, ¿verdad? En Europa es distinto. La gente con rasgos raros no recibe un trato raro y razas distintas conviven mezcladas, ¿no es así?

—Sí, así es.

En parte era mentira. Para un extranjero, la discriminación era una condición de vida inevitable, sin excepción. Bokhui tomó otro sorbo y, con voz ronca, continuó:

—Siempre pensé que al menos una vez iría. Pero ya tengo más de setenta y al final ni una sola vez... ni siquiera esa única vez...

—Esa niña de la foto, ¿acaso...?

No pude seguir diciendo lo que pensaba: «La abandonaron por ser distinta». Por suerte, no se mostró curiosa por lo que había callado, ni me instó a que siguiera. Hasta que terminé de comer el *susubukkumi*, no hizo más que mirar el vaso medio lleno de *soju*. La luz fluorescente reflejada en el vaso se proyectaba sobre su rostro, y por momentos parecía que hubiera vuelto a ser mucho más joven. Es el único rostro suyo que conservo en la memoria con tanta nitidez, como si lo hubiera visto ayer mismo.

Cuando terminé y dejé los palillos sobre la mesa, Bokhui se levantó con un quejido y metió en una caja de telgopor los *susubukkumi* que habían quedado en la cocina en mi bolso. Antes de que pudiera darle las gracias, tomó la bolsa del supermercado con el arroz y el pan de centeno y caminó hacia la puerta. Quise detenerla para que no cargara con mis cosas, pero no fui capaz. Porque Bokhui lo sabía. Porque solo ella, únicamente ella, había notado la existencia de Wuju.

—Cuando se está embarazada no se deben levantar cosas pesadas —me aconsejó al salir.

Yo no supe interpretar el nudo de emociones que me sacudían con tanta fuerza. El primer gesto de cuidado que recibía, Wuju, y la hospitalidad de otro hacia mí, esa que yo había esperado tanto… Mientras recogía la bolsa de plástico que quedaba y la seguía, comprendí poco a poco por qué sus palabras habían quedado grabadas en mí con tanta intensidad.

Frente a la puerta del tercer piso, dejó la bolsa en el suelo, me hizo un gesto con la mano para que entrara y volvió a bajar las escaleras. Se apoyaba en la barandilla, descendiendo peldaño a peldaño como si estuviera mal de las rodillas, y su figura encorvada no me resultaba desconocida. Pensé en Lisa y me pesó no haberle contado aún sobre Wuju. Apenas entré en la casa de Seoyoung, saqué el teléfono y marqué su número.

Cuando Lisa atendió, lo primero que preguntó fue si estaba enferma. Parecía una pregunta reflejo. Desde la muerte de Henri, cada vez que recibía una llamada inesperada de alguien cercano, solía omitir los saludos y preguntar enseguida si estaba enfermo. Yo respondí que no, que no estaba enferma, pero de inmediato dije que estaba embarazada. Hubo un breve silencio. Del otro lado se oían ruidos de todo tipo, pero la respiración de Lisa permanecía tranquila.

—Oh, Dios mío, Nana.

Un momento después, Lisa habló en voz baja.

—Tengo tantas preguntas, pero ahora mismo no sé qué decir, en absoluto… ¿Podrías darme un poco de tiempo? ¿Qué te parece si te llamo cuando haya ordenado mi cabeza?

Sonreí antes de responderle que podíamos hablar por teléfono en cualquier momento. La despedida fue torpe, pero la entendía. No, lo que entendía era su incapacidad de entender.

Hubo un día así. Hace más de diez años, cuando Henri se sometió a su primera y última operación para extirpar las células cancerosas, Lisa me habló en el pasillo frente al quirófano. Me dijo que era infértil desde la adolescencia, ya que había tomado durante mucho tiempo inhibidores de la hormona del crecimiento. También me dijo que, como hasta entonces no había recibido amor ni conocía los actos del amor, aquello no había sido una carencia, pero que se había convertido en algo doloroso al conocerlo. Añadió que ni siquiera a él le había contado algo así. Su rostro se veía tan frío que yo solo la abracé en silencio. Aquel día decidí convertirme en la única persona de este mundo que entendiera a Lisa. Los amigos de Henri solían murmurar que Lisa era tan fría que resultaba impenetrable y, a veces, exasperante; yo misma apenas tenía recuerdos cálidos de ella, más bien fueron muchas las ocasiones en que su actitud hermética me hirió. Pero mi decisión nunca habría de torcerse ni extinguirse. Porque Lisa era mi madre y para mí eso era una claridad absoluta.

Con las dos bolsas de plástico en la mano caminé hasta el refrigerador. «Impresionante», susurré mientras guardaba en la nevera la caja de telgopor que me había dado Bokhui y los víveres del supermercado. Era lo que Henri me habría dicho si estuviera vivo. Con esa sonrisa, cada arruga oculta entre su frente y cejas, entre su nariz y labios, entre sus mejillas y barbilla, esa cara que tanto amaba, me habría dicho: «Nana, convertirme en abuelo gracias a ti. Eres realmente impresionante».

# CAPÍTULO SIETE

Ahyeon quedaba entre Sinchon y Gwanghwa-mun, no muy lejos de la cafetería de Hapjeong donde trabajaba Seoyoung, ni de Itaewon; en verdad, la casa estaba mucho más cerca de lo que había imaginado. En el camino hacia Ahyeon pasamos por una manzana llena de tiendas para bodas, y después inmobiliarias, mueblerías y restaurantes. Una calle para casarse, buscar casa, comprar muebles y luego ir a comer. Si desplegara una etapa de mi vida mientras caminaba hacia Ahyeon, sería justo esa calle.

Según Seoyoung, Ahyeon había sido reconvertida hace poco en una zona de apartamentos de lujo. Aun así, no todas las áreas estaban desarrolladas: del lado izquierdo de la estación de metro se alineaban modernos rascacielos, mientras que del otro todavía quedaban casas viejas y tiendas pequeñas. Según Google Maps, el hostal que Seoyoung me había comentado se encontraba por las calles laterales del lado derecho, es decir, en la zona menos desarrollada. Siguiendo el mapa, crucé varios callejones hasta que apareció un camión de mudanzas estacionado. Dos hombres con chalecos verdes estaban cargando bultos grandes y pequeños. Entonces me detuve y, sin poder apartar la vista, me quedé mirando una nevera, un tocador y un armario, todos rayados y desgastados por el paso del tiempo.

—Pero en esa casa ya no viven ni el maquinista ni su madre. Yo ya fui a verla y ahora una pareja joven remodeló el *hanok* para usarlo como hostal. Antes de que la compraran, vivió allí un médico jubilado, así que parece que el maquinista dejó la casa hace bastante tiempo.

Aquella mañana, cinco días después de filmar en el orfanato de Nazaret, Seoyoung me llamó para decirme que por fin había encontrado la casa del maquinista, y me dio la dirección recitándola de memoria. Era verdad que la probabilidad de que una familia viva durante décadas en la misma casa no debía de ser muy alta pero, incluso después de anotar con la mano temblorosa la dirección del *hanok* del maquinista, no lograba calmarme.

Luego de hablar por teléfono, entré en una página de internet para buscar información sobre Ahyeon. Decía que en tiempos antiguos se llamaba Aegogae, pero cuando el topónimo empezó a escribirse con caracteres chinos, se transformó en Ahyeon —una palabra compuesta por 阿, que significa colina, y 峴, paso de montaña— por la similitud de pronunciación. En el reino de Joseon, los cadáveres se sacaban sin excepción fuera de las cuatro grandes puertas de la ciudad, y Aegogae, es decir, Ahyeon, era donde solían sepultar a los niños. Leí despacio esa explicación. Un lugar donde abundaban las tumbas infantiles: así descubrí que había vivido durante un año en el distrito con el significado más triste de todo Seúl.

El camión de mudanzas se fue luego de un rato, y dejó a la vista dos sillas de madera colocadas una al lado de la otra junto al muro. Me acerqué y me senté: era una silla que cojeaba y chirriaba. Entendí por qué no la habían subido al camión. Al levantar la vista sentada en la silla, los cables eléctricos suspendidos en el aire me parecieron un dibujo característico de Ahyeon, y esa larga cinta blanca que ondeaba colgada de los cables era como una señal solo para mí. Precisamente en la dirección que esa cinta señalaba se encontraba la casa de huéspedes de la que me había hablado Seoyoung…

Me contó que había ido a las tres comisarías y a los dos destacamentos policiales cercanos a la estación de Cheongnyangni, pero que no quedaba ningún registro en los documentos de 1983 sobre mi aparición en las vías. Explicó que en esa época las denuncias por desaparición de menores no se gestionaban de manera sistemática y que tampoco existía la digitalización de archivos, de modo que no era posible hacer una búsqueda. Cuando ya estaba desanimada, sin saber cómo seguir rastreando el paradero de Munju, inesperadamente recibió una llamada de la hermana Gemma.

La hermana Verónica pensó que quizá algún día la niña vendría a buscar a sus padres, o que los padres podrían preguntar por el paradero de la niña, así que decidió llevar un cuaderno de notas de manera extraoficial. Antes de ingresar en la residencia de ancianos le entregó esos cuadernos a la hermana Gemma, y cuando nosotras ya nos habíamos marchado, al revisarlos otra vez con más atención, encontraron el nombre y la dirección de la persona que había traído a Jeong Munju. La hermana Gemma dijo que era un milagro que la escritura hecha con bolígrafo hace treinta y cinco años todavía sea legible.

Y tal como había supuesto Gemma, el maquinista resultó ser un tal Jeong.

Jeong Wusik, de treinta y un años en ese entonces. Junto a su nombre y edad solo figuraban la dirección de su casa y un número de teléfono que ahora estaba fuera de servicio; no había transcripción en caracteres chinos de su nombre ni tampoco número de documento. Seoyoung llamó de inmediato a la Administración de Ferrocarriles para ver si tenían registrado el nombre de Jeong Wusik y pedir algún contacto, pero le respondieron que en la lista de maquinistas no aparecía ese nombre y que, aunque estuviera, no podían proporcionar datos personales. A pesar de haber seguido la pista con tanta diligencia, el maquinista permanecía siempre cercano y, a la vez, inalcanzable. Como las luces encendidas de una ciudad que se observan desde una pequeña embarcación que no hace más que dar vueltas alrededor de un puerto sin poder echar el ancla…

La joven pareja que gestionaba la casa de huéspedes nos permitió filmar. Antes de comenzar, di una vuelta alrededor del *hanok*, que había sido ampliado con un segundo piso. El jardín, también ampliado, estaba bien cuidado, con toda clase de flores y pequeños árboles, y en los aleros colgaban luces que irradiaban un tenue resplandor albaricoque. Dos extranjeros que se alojaban allí se estaban calzando los zapatos que habían dejado sobre el umbral de piedra; quizá iban a salir. Distinguí con claridad unas zapatillas pequeñas que parecían haber atravesado el túnel del tiempo. El maquinista y su madre no lo sabían, pero yo solía hacerme un ovillo y me quedaba en silencio mirando mis zapatillas mezcladas con los demás zapatos en el umbral. En esos momentos, sin razón aparente, me sentía muy bien, como si hubiera comido muchos dulces. Tal vez otro nombre para ese sentimiento de plenitud fuese pertenencia. Fue la primera vez en mi vida que tuve esa sensación.

La entrevista se filmó en el *maru*, la tarima de madera que conectaba la casa y el patio. Seoyoung, fuera del campo de la cámara, hacía las preguntas que había preparado y yo, dentro del encuadre, respondía. Como siempre, Soyul sostenía el micrófono, mientras que Eun se encargaba de la cámara principal en lugar de Seoyoung. Primero preguntó por cómo era el *hanok* en esa época y también el ambiente, por recuerdos relacionados con el maquinista, y por lo que sentí la primera vez que me llamaron Munju. Yo respondí con calma cada pregunta.

—Si pudiera volver a encontrarse con el maquinista Jeong Wusik, ¿qué es lo primero que le gustaría decirle?

Esa fue la última pregunta. Esta vez no pude responder de inmediato y me quedé mirando en silencio la cámara. Un silencio poco natural que ella seguramente recortaría en la edición.

—Supongo que le diría gracias. Pero esas palabras no serían suficientes. Ninguna palabra sería suficiente. Sin embargo...

Solo después de un largo rato volví a hablar.

—Sin embargo, esa gratitud que ninguna palabra alcanza a expresar también es una gratitud incompleta. A veces le tuve mucha bronca, incluso más que a mi madre biológica.

—... ¿Por qué?

—Pues, claro...

—...

—Porque me abandonó otra vez.

—...

Seoyoung no añadió nada más. Tan solo dijo en voz baja «corte» y apagó el micrófono. Eun y Soyul guardaron con cuidado los equipos de filmación, sin producir el menor ruido. Así terminó la grabación.

Al darme vuelta para despedir a la pareja, sopló un viento húmedo. Cuando Seoyoung dijo que parecía que iba a largarse un chaparrón, Soyul y Eun se apuraron para que el equipo no se mojara, y los seguí de inmediato. Al salir de la casa de huéspedes, vi a una anciana, de aspecto más avejentado que Bokhui, sentada en aquella silla abandonada, cabeceando mientras dormitaba. Sentí una melancolía lánguida, como si me hubiera encontrado con una versión futura de mí misma o como si ya hubiera vivido toda una vida en un abrir y cerrar de ojos. Mientras salíamos del callejón, me di vuelta varias veces, pero la anciana no despertaba. Imaginé que todas las casas de ese laberinto de callejones se habrían convertido en polvo cuando ella despertara, y la calle se volvió un símbolo de mi vida actual.

Como Seoyoung quería hacer una reunión, primero fuimos a Chungmuro a devolver el equipo y luego a la cafetería de Hapjeong. Una de las empleadas nos condujo a un sector separado por un biombo. Apenas Seoyoung dijo que hoy, en lugar de la comida, invitaría el alcohol, Soyul y Eun, sin siquiera consultarme, pidieron de inmediato cuatro botellas de cerveza. Todos estaban preocupados por la siguiente escena. No veían otra forma de encontrar huellas de Munju, y la película sería demasiado corta si la terminaban en ese punto. Además, iría contra el espíritu del proyecto. Surgieron varias propuestas: buscar a todos los Jeong Wusik de sesenta años que hubiera en el país, o subir a distintas páginas de internet mis fotos de la época del orfanato junto con la historia de las vías… Eran ideas descabelladas. Cuando anocheció, las botellas vacías fueron multiplicándose poco a poco sobre la mesa y la reunión se disolvió de manera natural. Aunque todos ellos tomaron lo mismo, parecía que la única que se había emborrachado era Seoyoung. Con el rostro enrojecido, se sentó muy cerca de mí, señaló la botella de cerveza que yo no había tocado y me preguntó si no tomaba alcohol. El vaho tibio de Seoyoung, impregnado del olor dulzón a cerveza, se esparció agradablemente sobre mi rostro.

—Al contrario, siempre fue un problema porque bebía demasiado. Ahora solo me estoy conteniendo.

—¿Por qué, por qué?

—¿Puedo decirlo con sinceridad?

—¡Por supuesto!

—Porque yo…

—…

—Estoy embarazada.

En el mismo instante en que lo dije, Seoyoung se levantó de golpe, se tapó la boca con una mano y salió corriendo hacia el baño; Eun fue tras ella. Seguramente ellos no escucharon nada de lo que dije, pero Soyul sí. Ella fingió apartar la mirada como si no hubiera oído nada, pero yo vi que se sobresaltó un poco. No había sido mi intención, pero al final terminé compartiendo un secreto con Soyul. Pensé que, si Seoyoung volvía del baño y me hacía más preguntas, la situación se pondría muy incómoda, así que recogí mi bolso y me levanté. Soyul también se puso de pie diciendo que quería acompañarme, pero rechacé el ofrecimiento diciéndole que no me gustaba que me trataran como a una niña y salí sola de la cafetería.

Durante el trayecto en taxi hasta la casa de Seoyoung se largó a llover de nuevo. Se escuchaba el sonido del agua amplificado, como si de pronto se hubiera activado el volumen en algún control escondido en el aire. Yo miraba por la ventanilla, imaginando el establo de la estación donde las flores blancas del peral caían sobre los tejados. Imaginaba también el gran pozo de Hapjeong rebosante de agua de lluvia y las tumbas infantiles de Ahyeon empapándose. Al seguir enlazando esas imágenes, Seúl se me antojaba una ciudad tridimensional, en la que lo visible y lo invisible se superponían, parecida al interior de una bola de nieve, como la que Henri me regaló de niña, en la que las líneas del paisaje y los tonos de la luz cambiaban según el ángulo desde el que se mirara.

Cuando bajé del taxi eran casi las once de la noche, pero el restaurante de Bokhui seguía iluminado. Vi a un cliente allí después de mucho tiempo. Bokhui y un hombre canoso estaban sentados en mesas distintas, los dos con la cabeza gacha, bebiendo la misma marca de *soju*. Los veía como pasajeros de un tren nocturno, cada uno en su compartimento. Avancé lentamente bajo el paraguas en dirección al restaurante. Me quedé un buen rato parada frente a la puerta, pero no pude abrirla.

Me di la vuelta.

Luego de subir los veintisiete escalones, abrí la puerta que parecía la última salida de este mundo. Una vez dentro, me dejé caer contra ella. Me resultaba difícil apartar la idea de que afuera había un guion prefijado y que solo cuando una forastera como yo permanecía al margen, ese escenario podía funcionar. Mi papel en este lugar se había desvanecido hacía ya mucho tiempo, desde que empecé a vivir como Nana, con nacionalidad francesa. Al fin y al cabo, el mundo fuera de la puerta siempre lo recordamos como un rectángulo plano, igual que una pantalla.

En mi bolso sonaba el móvil. Lo saqué, presioné el botón de llamada y escuché una voz conocida. Mientras tanto, la luz automática se encendió y se apagó, y ya no volvió a encenderse. Fuera de la pantalla, esperaba en silencio lo que Lisa estaba a punto de decirme.

# CAPÍTULO OCHO

Nana, yo quería que mi última película sea sobre el origen de nuestra familia.

Henri me había dicho eso la tarde en que cumplía cincuenta y ocho años, antes de que aparecieran con la torta, recostado de lado en la cama. Yo sabía que esa película que iba a contarme serían las últimas palabras de Henri Moreno. Era verano. Continuó hablando con una sonrisa, y yo tomé una de sus manos y hundí mi rostro en su palma, como un gatito que todavía no abre los ojos.

Hace mucho tiempo durante un verano, un Henri de treinta y un años y una Lisa de treinta y tres habitaban un mundo inundado de luz. Hasta los semáforos de la calle y las luces de advertencia parecían brillar para ellos; y cuando abrían los ojos por la mañana, el haz que entraba por la ventana era la iluminación natural que protegía su amor. Se habían encontrado por primera vez en aquella primavera temprana, en una librería de la calle Saint-Michel. Esa tarde, en el sótano de la librería, se proyectaba una película independiente en la que Henri había participado como miembro del equipo técnico; Lisa, que era profesora de matemáticas en una escuela secundaria, estaba entre los once espectadores que habían ido a verla.

Hasta que viajó a Niza con Lisa y se cruzó con un antiguo colega cinematográfico, Henri creyó que el mundo de la luz era el territorio del amor.

El colega tenía la misma edad que Henri y los guiones que solía escribir y mostrarle a veces coincidían en algunas escenas con sus guiones anteriores, por lo que este nunca se sentía del todo cómodo trabajando con él. Un día desapareció sin siquiera despedirse y al poco tiempo llegó la noticia de que había vendido un guion a una productora de cine. Por ese entonces incluso debutó con un largometraje reconocido por el circuito oficial. Al verlo venir desde el otro lado del muelle, Henri se quedó petrificado. El otro también lo reconoció y acercándose sonriente le tendió la mano. Henri ni siquiera pensó en presentarle a Lisa; simplemente lo observaba con el rostro endurecido, mientras aquel no paraba de hablar de la nueva película que estaba por comenzar a rodar. Solo después de que se marchara, Henri se dio cuenta de que Lisa seguía a su lado. Ya habían soltado las manos que tenían entrelazadas. El mundo se volvió de golpe oscuro como si hubiese ocurrido un apagón y Henri no fue capaz de mirar de frente a Lisa, como un ser humano primordial que de pronto advierte su propia desnudez.

Incluso cuando regresaron al hotel, el silencio continuó. Fue Lisa quien lo rompió primero. Cuando le dijo que si sentía vergüenza de ella prefería separarse, Henri susurró con desesperación: «Por favor, Lisa». Confesó que, por un instante, la había sentido como una vergüenza, y que por eso ahora estaba muy confundido, pero que lo único claro era que sentirse avergonzado de ella le resultaba aún más vergonzoso; y que, si aquella vergüenza era auténtica, entonces él creía que el amor seguía teniendo validez. Lisa estaba de espaldas y Henri le habló así. Ella no debía de haber dudado de sus palabras. Tal vez nunca dudó de nada. Al darse vuelta, Lisa confesó por primera vez su deseo de tener un hijo. Henri, que ya sabía que Lisa era estéril, no pudo más que contemplarla en silencio. La luz se extinguía y en su lugar la oscuridad se infiltraba con rapidez; pero al ver las lágrimas de Lisa, Henri comprendió que un amor que abarcara también la oscuridad se acercaba más a la verdad. Aquella noche tomaron dos decisiones: adoptar y que el nombre de la niña que adoptarían sería Nana. «Nana» era el nombre de la protagonista de una película de Godard que habían visto juntos en su primera cita, en un cine viejo y destartalado de las afueras de París.

—Nana, así fue como llegaste a nosotros.

Llegué a esta vida a través de una película en blanco y negro en un cine suburbano, cuando el deseo se cruzó con unos celos imposibles de contener, en ese punto en que la manera de amar de ambos se transformó. Al oír de Lisa el origen de nuestra familia que Henri ya me había contado, se me vino a la mente intacta la expresión que Henri había mostrado en el hospital, el tono satisfecho de su voz y la mirada húmeda con que me miraba cuando terminó.

Del otro lado, Lisa volvió a hablar.

—Llegaste a Henri y a mí por muchísimas casualidades, casi de milagro. ¿No es así?

—…

—Para mí y para Henri eres única, Así como esa nueva vida en ti es única. Ahora, más que nunca, debes amarte a ti misma. No te reprimas demasiado, Nana…

—…

—Nana, cada vez que intentabas ocultar lo que deseabas, Henri y yo siempre sufríamos.

—…

La voz de Lisa era tan apacible como un susurro que volvía irrelevante la distancia entre nosotras. La diferencia horaria entre Francia y Corea parecía haberse reducido a cero, y los treinta y cinco años que Lisa había vivido como mi madre se comprimían en una delgada lámina, de modo que cada instante podía sentirse como si hubiera sucedido ayer. Como Lisa me había transmitido su verdad, ahora me tocaba a mí hablarle de Wuju. Le fui explicando poco a poco el nombre y su significado, el momento en que había llegado a mí, la fecha en que estaba prevista que viniera al mundo e incluso la razón por la que había viajado a Corea. Lisa me dijo que, cuando regresara a Francia, fuera a Montpellier para dar a luz allí, que ella estaría a mi lado.

Solo después de colgar me di cuenta de que Lisa no había preguntado nada acerca del padre biológico de Wuju. Desde que recibió mi llamada cinco días atrás, seguramente había ordenado lo que quería decir y lo que no quería decir según un único criterio: el deseo de infundirme valor.

La luz automática volvió a encenderse y apagarse. Recordé mi época de papeles secundarios, cuando solo aparecía junto al protagonista y luego bajaba del escenario para limpiarme el maquillaje sola. Entonces solía pensar que, si Henri moría sin haber logrado estrenar siquiera una de sus películas en un cine, ese camerino sería la metáfora de su vida. No estuve presente en la agonía de Henri. Él había querido pasar sus últimos momentos solo con Lisa. Al día siguiente del cumpleaños, recibió el alta y se fue con Lisa a Montpellier, donde vivió un mes más antes de morir.

Henri había muerto y eso significaba para Lisa y para mí que había caído el telón de esa parte de la vida. No podíamos volver al tiempo antes de su muerte. Yo suspendí mis actividades como actriz de teatro y comencé a dedicarme por completo a la dramaturgia, mientras que Lisa presentó su renuncia en la escuela y se trasladó a Montpellier, la ciudad natal de Henri y también el último lugar que habían visitado juntos. En Montpellier no trabajó como profesora de matemáticas, sino como empleada de limpieza en una biblioteca, y durante los últimos cinco años no abandonó nunca la ciudad. Iba a trabajar con puntualidad, sin ausencias ni retrasos, y al terminar la jornada cenaba en su restaurante habitual —un local vietnamita en el que Henri había trabajado como camarero en su juventud— antes de regresar a casa. Aunque aquella rutina monótona se repetía cada día, Lisa me dijo en una ocasión que se sentía más tranquila que nunca. Desde París, yo solía imaginarme el restaurante vietnamita al que, según Lisa, iba casi todos los días: un local al final de una calle, adornado con farolillos rojos y con el olor de las especias extendiéndose por los alrededores; un espacio que solo se volvía completo cuando entraba una mujer corpulenta y solitaria. Mientras ella cenaba sentada allí, el lugar se transformaba en un pequeño pedazo del mundo desde el cual podría llevarla a cualquier parte. Cuando naciera Wuju, yo también cenaría en ese restaurante. El tono con el que Lisa me dijo que fuera a Montpellier era casual, pero a mí me infundió una paz inmensa.

Fue un alivio saber que no estaba sola.

# CAPÍTULO NUEVE

Mañana voy a reunirme con un maquinista. Es el hermano mayor de una amiga de la universidad y, por lo que me dijo, trabaja desde el año pasado en la Administración de Ferrocarriles. Estoy segura de que debe de existir algún directorio interno, así que conseguir la dirección o el teléfono de Jeong Wusik es solo cuestión de tiempo —dijo Seoyoung apenas nos sentamos en la barra en forma de L.

El maquinista seguía pareciéndome tan difuso y lejano como las luces de la ciudad vistas desde una barca sin ancla, pero la miré y asentí diciendo que era una buena oportunidad. Seoyoung estaba empeñada en seguirle la pista para completar la película. Me recordaba a Henri y yo sabía mejor que nadie que esa pasión no era un talento que tenía cualquiera.

Como era la hora del almuerzo, Seoyoung iba y venía entre la nevera y el horno detrás de la barra. A mí me preparó un plato de espaguetis con salsa de tomate y hongos. La salsa de tomate tenía ese sabor estandarizado de fábrica y los hongos estaban poco cocidos y duros, pero me lo comí rapidísimo. Seoyoung sonrió, sin mostrar curiosidad o desconfianza, y me dijo que nadie se había terminado su comida con tanto gusto como yo. Era obvio que la otra noche no había escuchado mi confesión. Estuve a punto decírselo de nuevo, pero desistí. Pensaba que todos existíamos gracias al embarazo y parto de una mujer, y que no había razón para ocultarle a nadie la existencia de Wuju, pero no quería que Seoyoung se sintiera agobiada por mi situación.

Como aquel día ella trabajaba hasta tarde, salí sola de la cafetería. A fines de julio, Seúl estaba en el epicentro del verano y la temperatura superaba cada día el récord de la jornada anterior. El calor del sol caía en línea recta y las hojas de los árboles ondeaban con un verde intenso, como si hubieran alcanzado la cima de su crecimiento. No era un nivel de temperatura y humedad adecuado para pasear, así que me apresuré hacia la estación de metro.

Al pasar por la verdulería de la casa de Seoyoung, vi unos melocotones blandos y rosados. Pensé en Bokhui. Ayer y anteayer el restaurante estuvo cerrado y no la había visto. Para mí, ese lugar era el único pasaje que conducía a su mundo, de modo que el local cerrado significaba la ruptura del vínculo. Claro que no debía lamentar esa ruptura. A pesar de que gracias a Bokhui pude comer por fin los *susubukkumi* que tanto había deseado, desde aquel día no volví a ir y cuando estaba cerca era lo más discreta posible para no llamar su atención. Si Bokhui volvía a mostrarme aquella foto y a charlar sobre el tema, el pasado de la niña en la fotografía quedaría restituido, y yo seguía sin querer conocer ese tipo de historias.

De pronto, el letrero abollado apareció ante mí. Caminé un poco más y vi la puerta abierta, rodeada de varias personas, y fue entonces cuando empecé a oír la sirena de una ambulancia. Al principio, como en una escena en cámara lenta, todo iba tan despacio que costaba creerlo; luego empecé a sentir la escena cada vez más rápido y al final corrí casi con desesperación. No sirvió de nada. La ambulancia que había estado detenida frente al restaurante se marchó hacia la avenida principal antes de que yo pudiera llegar. Me quedé parada en el lugar, murmurando una y otra vez: «Bokhui, Bokhui».

La vendedora del mercado que proveía de verduras al restaurante me dijo dónde quedaba el hospital al que la habían llevado. Ella había ido a cobrar una deuda pendiente y fue la primera testigo en encontrarla desplomada.

—No atendía el teléfono, y aunque golpeé la puerta nadie respondía. Ahí mismo me cayó la ficha. Llamé a un cerrajero para que abriera la puerta y, como era de esperar, la anciana estaba desplomada en el cuarto anexo a la cocina. ¿Qué otra cosa podía hacer? Llamé enseguida al 119.

Después de soltar todo eso de golpe, me apremió a que no perdiera tiempo con rodeos y fuera de inmediato al hospital a hacer el ingreso. Al verme correr hacia el restaurante con un gesto medio trastornado, debió de pensar que yo era su hija o su sobrina. Cuando aclaré que no era familia sino tan solo una clienta, su rostro se ensombreció.

—Entonces, ¿qué se puede hacer? Sin un tutor legal no podrá ni siquiera ingresar en el hospital, mucho menos someterse a una operación... ¿No sabe nada de la familia de la anciana?

Le respondí que no y soltó un largo suspiro antes de perderse entre la multitud que se dispersaba, repitiendo para sí: «¿Y ahora qué?, ¿y la deuda qué...?». Cuando ya no hubo más gente, se hizo de pronto un silencio absoluto. Me quedé un buen rato mirando el interior del local, con las mesas y sillas revueltas en desorden, y luego me di vuelta para tomar un taxi.

Luego de bajarme me dirigí directamente a la sala de urgencias, pero la entrada era un caos y el acceso de personas externas estaba restringido. Estuve un rato deambulando sin saber qué hacer hasta que vi el mostrador de admisión de visitas. Le expliqué al empleado que buscaba a una paciente de unos setenta años que acababa de ser trasladada en ambulancia desde Itaewon; no conocía su apellido, pero dije que su nombre era Bokhui. La respuesta fue inmediata: no había ninguna paciente llamada así. Según el empleado, la anciana que yo había descrito no era Bokhui, sino Chu Yeonhui.

—¿Chu Yeonhui?

—Sí, la señora Chu Yeonhui. Pero ¿qué relación tiene usted con la paciente?

Me quedé sin palabras. ¿Quién era yo para Bokhui, o más bien para Chu Yeonhui? ¿Por qué había corrido hasta aquí sin pensarlo? Sin embargo, lo que importaba en ese momento no era resolver mis dudas, sino mostrar una relación clara con la paciente. Decidí mentir.

—Vivo en el mismo edificio que Bokhui, digo, que la paciente Chu Yeonhui. Como su tutor legal vive en las afueras, me pidió que verificara en qué estado se encontraba, por eso vine en su lugar. ¿Podría visitarla?

—¿Vino por encargo de su tutor?

El empleado hojeó los documentos. Por su rostro parecía que algo se había complicado. Aún no habrían logrado ponerse en contacto con el tutor de Bokhui y el empleado debía considerar que lo conveniente sería establecer un contacto de inmediato para facilitar los trámites de admisión aunque fuera con alguien que se ofrecía a representarlo. Tal como había supuesto, al cabo de un momento me entregó una hoja y me instó a que trajera al tutor lo antes posible.

Tras firmar el documento y entrar en la sala de urgencias, me abrumaron el fuerte olor a medicamentos, los sonidos mecánicos de los equipos médicos y los gemidos de algunos pacientes que se quejaban por el dolor. Bokhui, aunque oficialmente se llamara Chu Yeonhui, para mí seguía siendo Bokhui, y estaba tumbada de espaldas en la cama más al fondo, con un respirador conectado. En la ficha de la cama, junto a su nombre aparecía «accidente cerebrovascular». Contemplé su rostro. Por más que lo mirara, no parecía el de alguien a quien se le hubiera roto un vaso sanguíneo en el cerebro, sino el rostro de alguien que dormía profundamente, con una serenidad infinita. Le bajé la camiseta, que se le había subido, y ordené las sandalias de plástico que estaban tiradas bajo la cama. Quería hacer algo más por ella, pero en ese lugar, donde no había nada más que una cama, no se podía hacer mucho. Ni siquiera tenía derecho a permanecer tanto tiempo a su lado. Yo no era más que una clienta que había comido tres veces en su restaurante. Ni siquiera sabía bien su nombre: en su vida yo no era más que un personaje pasajero...

Al salir del hospital y caminar hasta la estación de metro, pensé en quién sería en verdad Bokhui. Se me vino a la mente el rostro de la niña de la fotografía.

Incluso si ella, que envejeció al mismo ritmo que yo fuera de la foto, fuese la verdadera Bokhui, la de carne y hueso, *Lucky* y más que *lucky*, tal vez habría olvidado el nombre que le pusieron en Corea. También se me ocurrió que quizá no supiera en absoluto que en Corea había alguien que, con el nombre de Bokhui, había abierto un restaurante y miraba de tanto en tanto su fotografía. El diagnóstico de accidente cerebrovascular y lo que había dicho la vendedora del mercado —que sin tutor no se podía ni siquiera operar— se alternaban en mi cabeza confundiéndome y mis pasos se volvían cada vez más pesados.

De vuelta en casa de Seoyoung, abrí la nevera para preparar la cena y, al sacar los ingredientes, me llamó la atención una caja de telgopor que había en el congelador. Coloqué en un plato los *susubukkumi* que había dentro, los descongelé en el microondas y los llevé a la sala de estar. Cada vez que comía uno, la expresión y la manera de hablar de Bokhui se me volvían más nítidas. Bokhui, que empujaba un plato de guarnición hacia mí con disimulo, que alzaba la vista con desgano hacia el televisor mientras bebía *soju*, que compartía cigarrillos y guarniciones con una anciana más pobre que ella, que estaba sana y llena de vida...

El sexto y último *susubukkumi* lo mastiqué lentamente, durante el mayor tiempo que pude, y cuando por fin lo tragué me levanté y volví a salir. Bajé al primer piso y abrí la puerta de vidrio del restaurante. Al parecer, el cerrajero había olvidado volver a cerrar la puerta con llave, quizá sorprendido por toda la situación. Hasta que apareciera el dueño del local y tomara medidas, la puerta permanecería abierta.

Al entrar, el aire estancado desprendía un olor familiar. Pensé que debía de ser el aroma de Bokhui impregnado en los platos, cuchillos, cucharones y ollas. Fui directo a la cocina. Junto al refrigerador del fondo estaba instalada una puerta corrediza de vidrio esmerilado. La vendedora me había dicho con seguridad que la había encontrado desplomada en el cuarto anexo a la cocina. Según sus palabras, Bokhui vivía detrás de la puerta corrediza. Y, en efecto, al abrirla apareció un pasillo estrecho con una habitación y un baño enfrentados. Así se añadía una cosa más a todo lo que yo desconocía sobre Bokhui. Jamás me había imaginado que viviera en la parte interior de su restaurante.

Me descalcé y entré en su habitación. Pulsé el interruptor y el tubo fluorescente parpadeó varias veces, pero terminó apagándose; en su lugar, se encendió de inmediato una lámpara sobre un estante bajo. Cuando la tenue luz anaranjada se difundió por el lugar, todo apareció de un vistazo: un armario de plástico, otro mueble plástico de almacenamiento, ropas raídas colgadas de un clavo y un ventilador con una de sus aspas rotas. Junto a la lámpara se alineaban un frasco tosco con *skin* y loción, un pintalabios sin tapa, un espejo lleno de huellas de manos y un teléfono plegable conectado al cargador. Mientras recorría la habitación con la mirada, mis ojos se detuvieron en un punto.

Era un libro de cuentas abierto sobre la colcha. Me agaché y lo examiné. El grueso cuaderno estaba repleto de letras, y lo último que había anotado eran unas palabras desprolijas: «Aniversario *giil* de Boksun», junto con pastelitos de arroz, harina de porotos, peras, manzanas, y varias cifras garabateadas. Consulté enseguida en el diccionario del teléfono la palabra *giil*. El diccionario lo definía tanto como el día en que alguien había muerto como el día en que las personas cercanas recordaban esa muerte. Así podía deducirse que esa tal Boksun había sido alguien cercano a Bokhui y que había muerto por estas fechas. Por supuesto, lo más significativo eran los nombres: Bokhui, Yeonhui, Boksun. Pensé si ese patrón podía ser una pista que atravesara su vida pasada; al imaginarlo, la vida de Bokhui me pareció un enorme misterio. «Un enigma…» susurré, mientras me recostaba sobre la colcha. De esta emanaba otro olor de Bokhui. Quizá era el olor mezclado de sudor y lágrimas. Aunque el sol ya se había puesto, el aire caliente del cuarto no se enfriaba y los insectos afuera chirriaban con todas sus fuerzas. Miraba en silencio el techo bajo teñido de un resplandor anaranjado y me vino a la mente la soledad de un alma que, dentro de un ataúd bajo tierra, se iba coagulando con el paso del tiempo. Mi propia alma, contemplando la vida desde arriba, esa vida reducida a meras partículas de luz destinadas a desvanecerse al salir el sol… ¿Sería por eso…?

¿Será por eso que recordé aquella época?

Hubo días en que no hacía más que pensar en la muerte. Fue después de recibir orientación psicológica en la universidad. La sesión no duró más de treinta minutos, pero desde aquel día, durante casi tres años, no hubo un solo día en que olvidara las palabras de la consejera. Si, tal como había diagnosticado, antes de que me abandonaran en las vías férreas, me habían dejado en un entorno insoportable o había sufrido maltrato, entonces la primera célula que me constituía se había forjado sin duda en una situación miserable: una niña nacida de un acto puramente fisiológico, por dinero que cambiaba de manos o por violencia, una intrusa venida a este mundo sin invitación, sin que nadie la esperara ni la deseara… Quizás siempre había pensado de ese modo. La consulta no había sido más que una especie de detonante que hizo certera esa posibilidad que yo me había empeñado en ignorar.

Me hice actriz porque quería escapar de esos pensamientos. Me gustaba que, al actuar, podía vivir otra vida, como otra persona. No, el escenario era en realidad la única vía de escape que se me había concedido dentro de la vida que me tocó. Sabía bien que la probabilidad de que una actriz asiática fuera protagonista era casi nula, y que al terminar la función la realidad volvía a empezar, pero sin siquiera el tiempo sobre el escenario no habría tenido fuerzas para soportar nada.

Por suerte, los años pasaron con constancia y fui alejándome poco a poco de la época en que no hacía más que pensar en la muerte. Así lo creí. Lo creí, pero había días, como ese, en que seguía bajo la sombra de la muerte. En ese momento recordé las palabras del médico: que pronto Wuju desarrollaría el cuerpo calloso y, cuando eso ocurriera, también ella sentiría mis emociones. Entonces tensé hasta los dedos de los pies con la determinación de no dejar que ninguna emoción se deslizara dentro de su cuerpo. Apreté las manos como puños sin darme cuenta, y los huesos del dorso se marcaron en relieve. Cuando iba a levantarme de la cama con el cuerpo así de crispado, de pronto sonó un borboteo en mi vientre y un movimiento puramente físico recorrió suavemente el interior. Me quedé paralizada, como un boxeador sorprendido por un *jab* inesperado. El movimiento se acortó, luego se alargó, y al cabo fue apaciguándose poco a poco. Con cuidado me giré de lado, curvando el cuerpo como un arco y rodeando el vientre con ambos brazos. Sentí como si de golpe se aflojaran todos los tornillos que me apretaban en cada rincón del cuerpo. La señal de que estabas viva. Un toque a la puerta del mundo. El lenguaje corporal diminuto que me decía, en el momento más necesario, las palabras que más deseaba escuchar.

Fue el primer movimiento fetal.

# CAPÍTULO DIEZ

l salir del ascensor, vi a Soyul parada frente a la taquilla, mirando a su alrededor. Sin duda había venido a recibirme después de mi llamada. Como llevaba una camisa blanca con corbata y una falda negra, y no su vestimenta neutra habitual, la sentía extrañamente desconocida, como si fuera otra persona. Al acercarme, en vez de saludarla, le comenté que se veía distinta de lo normal; entonces Soyul se rio incómoda y me dijo que a ella también el uniforme del cine siempre le parecía extraño.

No quería interrumpirla en el trabajo, pero al final terminé haciéndolo. Ella ya le había pedido a otro empleado que se ocupara de sus tareas y tenía unos treinta minutos para mí. La seguí hasta la azotea del edificio. Allí había un espacio acondicionado como un jardín, reservado para el descanso, al que según me contó solía ir con frecuencia. Nos sentamos una al lado de la otra en un banco junto a la baranda y charlamos sin apuro sobre el clima de estos días, las críticas que había recibido la película que yo iba a ver hoy y el trabajo a medio tiempo de ella. Tras un breve silencio, le confesé que me intrigaba saber por qué, incluso a costa de sacrificar el dinero para sus gastos diarios, seguía filmando. Recordaba que Seoyoung me había contado que, cuando rodaban una película, no solo el director sino también el resto del equipo tenía que poner dinero. Las dos, en lugar de tener un empleo estable, trabajaban a medio tiempo y hacían películas no comerciales, mientras que Eun estaba desorientado tras terminar el servicio militar, sin decidir aún qué camino seguir; para ellos, incluso una pequeña suma debía de ser una carga enorme.

—Pues… —Incómoda, se rascó la nuca, pero enseguida respondió con un gesto en el que se adivinaba firmeza—. Pues, quiero decir… está ese momento en que se termina la película y aparece tu nombre en los créditos. Amo ese momento. Me hace sentir viva. Aunque no gane dinero, o lo poco que consigo lo gaste todo en filmar, hasta ahora siento que con eso todo vale la pena. Claro que tampoco sé hasta cuándo podré vivir así.

Lo que dijo me hizo recordar el cartel del restaurante de Bokhui. Para ella, aquel local era un trabajo y su residencia personal, el lugar al que había llegado tras viajar toda una vida. ¿Sería también un signo de estar viva grabar su nombre en ese restaurante en el que había volcado trabajo, bienes y tiempo? ¿Ese gesto, el de llamarse Bokhui aunque oficialmente fuera Chu Yeonhui, era la manera que tenía de demostrar su propia existencia? ¿Con eso habría sentido que, en una vida tan dura, todo había valido la pena?

—¿La está pasando mal? —preguntó Soyul mientras yo seguía absorta en mis pensamientos.

Seguro se preocupaba por mi salud. Le respondí que en absoluto, que no la estaba pasando mal y que todo estaba bien. Le dije también que, aunque el viaje a Corea había sido una decisión impulsiva, no me arrepentía; que atravesaría este período sin ayuda de nadie y que regresaría a Francia a más tardar en septiembre para prepararme para el parto. Lo solté de golpe, como si quisiera hacerle entender que no tenía por qué preocuparse por mí. Soyul me miró en silencio y luego me pidió que lo tomara con calma. Que el director y el equipo tenían la obligación de proteger a la actriz y que, si necesitaba ayuda, debía, aunque no tenía por qué, pedirla en cualquier momento. Y esta vez también, con ese gesto suyo tan firme, continuó hablando.

—Sé que se cuida para no incomodarnos, pero si Seoyoung o Eun supieran de su situación, le dirían lo mismo que yo.

Soyul lo dijo con tal seguridad que recién entonces pude admitir, poco a poco, que en el fondo yo quería escuchar esas palabras. Como ya casi era la hora de que empezara la película, bajamos de la azotea. Antes de entrar a la sala, la vi de lejos regresar a su puesto, revisando las entradas y orientando a la gente. La verdad es que, pudiendo ir a cualquiera de los incontables cines de Yongsan, había decidido venir hasta Jongno para ver la película porque quería hablar con alguien de manera objetiva sobre Bokhui. No sabía si debía intervenir en la vida que le quedaba o, como una extraña que ni siquiera conocía su verdadero nombre, debía hacerme la desentendida ante cualquier cosa que le sucediera. En Corea solo me hice amiga de Seoyoung, Soyul y Eun; de ellos, Soyul era más madura que Seoyoung, y era más fácil compartir mis preocupaciones con ella. Quizá Soyul no lo supiera, pero lo que me dijo ese día me recordó algo importante: si Bokhui era una actriz que había entrado en mi vida, entonces yo también tenía la obligación de protegerla. Proteger: esa había sido la actitud y la acción que Henri, Lisa y el maquinista Jeong Wusik habían tomado conmigo. Era, en definitiva, una manera de no dar la espalda a una vida y acogerla en la propia.

Una multitud se agolpó alrededor de Soyul y sus manos comenzaron a moverse con rapidez. Mientras la observaba, se me ocurrió algo: revolví el bolso y allí estaba la libreta que me habían dado en el hospital una semana antes. La abrí. En el espacio en blanco reservado para el «nombre provisional» escribí lentamente: Soyul. Hasta el momento de salir al mundo, Wuju existiría como un pequeño castaño. Tal vez el nombre le gustó, porque volví a sentir un movimiento en lo profundo del vientre. Desde la primera agitación, Wuju solía recordarme a cada momento que estaba ahí, viva.

Bokhui ya había pasado de urgencias a terapia intensiva y de allí a una sala común. Por suerte, el empleado, que todavía recordaba mi cara, me informó que en ese lapso había venido el tutor de la paciente Chu Yeonhui y había completado el trámite de internación. Tal vez creyó que yo había avisado al tutor, porque incluso me dio el número de la habitación con una expresión más amable que la de la primera vez. Quería preguntarle más cosas; sobre todo quería saber el estado de Bokhui, pero como la gente seguía agolpándose frente al mostrador, apenas pude agradecerle y darme media vuelta.

El edificio de las salas de internación estaba frente al de urgencias. La habitación de Bokhui era una doble en el piso 13, pero al llegar vi que la cama junto a la puerta estaba vacía y que ella yacía sola junto a la ventana. Me fui acercando paso a paso. El cuerpo de Bokhui estaba conectado a varios tubos, algunos transparentes y otros opacos; uno de ellos la unía a una bolsa de orina. No me resultaba extraño: también había visto a Henri recostado en una cama con ese mismo aspecto. Ya hacía mucho tiempo que había aprendido que por los tubos de la nariz y del brazo se administraban comida y medicación, y que por el tubo del bajo vientre se drenaba la orina. Como si lo hubiera visto ayer, se me vino a la mente la cara de Henri, cuando me dijo con una sonrisa tímida: «Nana, al ver tan bien lo que entra y lo que sale de mi cuerpo, me siento como un organismo unicelular cilíndrico, con entrada y salida bien definidas».

Justo entonces entró en la sala una enfermera con la nueva bata para Bokhui. Me saludó con un entusiasmo desmedido y me preguntó si era familia de la paciente. Al decirle vagamente que no era familia, sino solo una vecina conocida, la enfermera enseguida se mostró decepcionada. Era joven y su cara muy expresiva.

—¿Qué va a pasar a partir de ahora con la paciente Chu Yeonhui?

Sin darme cuenta, había terminado ayudando a la enfermera a cambiarle la bata y la ansiedad me obligó a preguntarle.

—El médico a cargo considera que, incluso con cirugía, las probabilidades de que despierte son bajas. Además, la paciente ya había firmado un documento rechazando los tratamientos de prolongación de vida. Eso significa que no podemos intentar reanimación cardiopulmonar. Como ve, también se le retiró el respirador. En este estado, difícilmente pueda resistir más de uno o dos meses.

—Entonces, ¿quién cuidará de la paciente Chu Yeonhui durante ese mes o dos?

—Eso mismo me pregunto yo. Lo más adecuado sería trasladarla a un geriátrico o a una unidad de cuidados paliativos, pero desde el día en que vino a la clínica, su tutora no ha vuelto a aparecer ni a atender llamadas.

—¿La tutora es un familiar?

—No es familiar en línea directa, es su hermana menor.

Según me contó la enfermera, la hermana de Chu Yeonhui —y me aclaró que no se llamaba Bokhui—, apenas terminó el trámite de internación fue directamente a verla para exigir que guardaran bien los documentos, ya que cuando muriera necesitaría recuperar con el seguro de vida los gastos pagados al hospital. Después dejó el cuidado en manos de un acompañante comunitario vinculado a la clínica y se marchó apurada. En situaciones como esa, el personal médico queda en la posición más incómoda, añadió la enfermera. Explicó que un paciente inconsciente, sin tutor ni cuidador presente, queda abandonado en la sala y eso le generaba preocupación. Me confesó, casi como un desahogo ante alguien que veía por primera vez, que si al menos hubiera alguien acompañando, aunque solo fuera para vigilar la respiración, se podría evitar que el paciente muriera solo, sin que nadie lo notara.

La enfermera salió de la habitación llevándose la otra bata, despojada como una piel vieja. Miré a Bokhui. Observar con atención su respiración, leer en ella los signos que anunciaban la muerte, no era una simple visita ni una protección momentánea. Era asumir el papel de testigo por el cual una vida abandona el mundo y ser quien habrá de dar noticia de ello a los demás. Era el papel inverso al de ser testigo de la llegada de Wuju al mundo...

Era extraño. Al pensar en Wuju, desapareció toda indecisión y se afianzó mi confianza. Salí corriendo de la sala y detuve a la enfermera. Cuando se dio vuelta para verme, le dije que vendría a la habitación para ver el estado de la paciente Chu Yeonhui siempre que pudiera. Tal vez hablé con tanta prisa porque temía que, de no hacerlo, mi valor se desvaneciera de inmediato. La enfermera recibió mis palabras con mucho alivio y me recomendó que, si llegaba a notar cualquier cambio extraño en la paciente, avisara de inmediato al personal médico. Luego se marchó.

Volví a acercarme a la cama y, mientras acomodaba las sábanas revueltas, se me vinieron a la mente la sopa *baek sundubutang*, los fideos en caldo de *dongchimi* y los *susubukkumi*. Aquellos sabores que estimulaban y reconfortaban mi lengua, mi estómago y hasta alguna parte íntima de mi corazón... Comprendí que Bokhui había hecho más que darme de comer. En toda mi vida nadie había mostrado tanto interés por lo que entraba en mi boca como ella. Sus comidas eran todas deliciosas y me hacían sentir que este lugar era mi tierra natal, mi verdadero hogar. Si, como un milagro, Bokhui llegara a despertar y me preguntara por qué estaba allí, yo pensaba responderle enumerando esos platos. Que solo eso era suficiente para haberme quedado a su lado. Porque gracias a eso tú creciste, porque esa comida se convirtió en la sustancia de tu sangre y de tus huesos.

En el autobús de regreso vi a una mujer de mi edad con un fular sujeto contra el pecho y el vientre. Instintivamente me acerqué hacia ella. De pie frente a la mujer, me incliné a mirar la cabeza redonda y las mejillas regordetas del bebé dormido. En ese momento nuestras miradas se cruzaron. Ella, sin reparo alguno, me dijo que su hijo tenía ya cinco meses. Al imaginar a Wuju un año más tarde, no pude evitar sonreír. Me preguntó de cuántas semanas estaba, recorriéndome con la mirada. Me sorprendió: aunque bajo la remera mi vientre ya se abultaba un poco, apenas se notaba si uno no lo miraba con atención. Al responderle que estaba entrando en la semana dieciséis, me comentó con cierta preocupación que, para la cantidad de semanas, casi no se notaba. Me reprendió con cariño, como si fuera mi hermana, insistiendo en que debía comer mucho más.

—¿Y tampoco debo levantar cosas pesadas?

Al preguntarlo con la misma naturalidad que ella, me respondió que eso era lo más básico de lo básico.

El autobús llegó a la parada de la casa de Seo-young, y luego de saludar a la mujer y a su bebé, me bajé. Después de caminar un buen rato por la cuesta, pude ver a la anciana que Bokhui solía regalarle cigarrillos y comida saliendo del restaurante con la arrocera eléctrica. En su carro ya había cargado ollas, sartenes y varias vajillas. Pensé que llevarse las cosas de alguien enfermo era, sin dudas, un acto delictivo y daba igual que fuera su amiga. Enojada, apuré el paso y me fui acercando, cuando de repente se me vino a la mente la voz de la anciana llamando a Bokhui por su nombre. También, recordé el rostro de ella, que al escucharla, se levantaba de su asiento sin problemas y la recibía con una sonrisa.

¿Por qué Yeonhui se habrá hecho llamar Bokhui? ¿Será que todos pensaban que ella se llamaba así? Si yo le hubiera preguntado su nombre, ¿también se habría presentado así? Me daba curiosidad, pero eran preguntas sin respuestas si ella no recuperaba la conciencia. En ese ínterin, la anciana se fue y el sonido de las vajillas sacudiéndose en la carro también se fue alejando. No tenía energía para perseguirla y controlar las cosas que había tomado. A Bokhui le quedaban apenas un par de meses, y su hermana no parecía tener derecho a heredar nada. Tampoco parecía que esos viejos trastos fueran parte de la herencia.

Entré al restaurante y deslicé la puerta de vidrio opaco al fondo de la cocina. El teléfono comenzó a sonar apenas la abrí. No paraba de sonar, pero no podía atender. Si me llegaban a preguntar quién era, ¿qué diría? Además, contar las novedades sobre el estado de Bokhui sería agotador. Decidí ignorarlo y solo tomé de la habitación y del baño ropa interior, toallas, un cepillo de dientes, dentífrico y jabón. La ropa interior y la toalla no parecían necesarias, y los productos de higiene quedarían sin usarse; aún así, me esforcé en pensar qué más podría llegar a necesitar. Tomé el bolso lleno, pero cuando me quise ir comenzó a sonar el teléfono de nuevo. Me quedé quieta observándolo y me pregunté quién sería la persona que la buscaba a esa hora sin rendirse.

# CAPÍTULO ONCE

El pasillo de la clínica tenía casi todas las luces apagadas y la expendedora de bebidas brillaba como un asteroide. Cuando Seoyoung se acercó a la máquina, la luz condensada a su alrededor se dispersó y el ruido de las monedas sonó más fuerte que de costumbre. Luego se acercó a mí con un vaso de café. Me incorporé de la pared en la que estaba apoyada y tomé de a sorbos, tratando de contener la tos. Hacía mucho que no bebía café. El sonido de Seoyoung y yo bebiendo se propagó como ondas sobre el agua hacia el otro lado del pasillo.

Me estaba contando lo que había ocurrido durante los últimos cinco días. Todo comenzó cuando recibió por parte del hermano de un compañero de la universidad el directorio interno de maquinistas jubilados.

Sintió mucha ansiedad al recibirlo, pero al final no encontró el nombre de Jeong Wusik. Desconcertada por ese fracaso inicial, recuperó la calma y trató de ponerse en contacto con cada persona de la lista que tuviera más de sesenta años. No fue fácil. Eran muchos los que habían cambiado de número y muchos de los números ya no existían. Cuando lograba comunicarse con alguno, tampoco sabía desde dónde comenzar a explicarle. Si de casualidad conocía al maquinista Jeong Wusik, si había oído hablar sobre una niña encontrada en las vías en el año 1983 en la estación de Cheongnyangni, si le sonaba el nombre de Jeong Munju. Así que lo único que podía hacer era comentarles sobre la película que estaba produciendo y luego hacerles las preguntas que tenía preparadas. Las respuestas, en general, eran vagas y poco amables. Había algunos que no entendían por qué le hacía esas preguntas y se enojaban; otros le preguntaban dónde había obtenido su número telefónico. Al terminar las llamadas, se enfrascaba escuchando música intensa para olvidarse de la vergüenza y la exposición. Cada vez que pensaba en rendirse, Seoyoung recordaba a la actriz que vino desde Francia a Corea por la película. También recordaba lo valiente que era la actriz, que había bajado hasta las vías del tren sin miedo para desplegar un cartel. No podía rendirse. Es más, no quería rendirse. Luego de muchos intentos, cuando pudo dar con una persona que afirmaba conocer muy bien al maquinista, casi gritó de la emoción a pesar del cansancio.

Su nombre era Choi Changryong, y dijo que era un colega con mayor antigüedad que Jeong Wusik y había trabajado mucho tiempo con él. También recordaba el día en que había rescatado a una niña sobre las vías. Jeong era un maquinista novato en ese entonces, por lo que debió ser alrededor del año 1983, y había traído a una niña que lloraba a la sala de descanso. La niña era muy pequeña y delgada. Como Jeong debía volver a trabajar, los otros maquinistas habían comprado comida y juguetes para consolar a la niña. Aseguró que todo eso era verdad y continuó

123

su relato. Seoyoung abrazó el teléfono con las dos manos y agradeció muchísimas veces, casi al borde del llanto. Le decía gracias a Choi por recordar ese día, pero también al maquinista Jeong que había rescatado esa vida hace tanto tiempo.

—Entonces, ¿podría pedirle el teléfono de Jeong? —preguntó con cuidado cuando pudo calmarse.

Hubo un largo silencio. Sentía que el pecho iba a explotarle.

Choi Changryong le dijo que Jeong había fallecido hacía cinco años de una enfermedad crónica. Cuando oí la noticia, sentí un frío intenso traicionando el calor del verano. Mis hombros se encogieron y no pude contener la tos. Necesitaba un actor imaginario que pudiera actuar mi soledad. Traté de proyectar mi soledad en ese actor imaginario que se iba helando, pero esa transferencia no estaba funcionando. A veces, la costumbre no actúa como una quiere. Apoyé la cabeza contra la pared, y esperé a que el falso frío que me atravesaba se desvaneciera pronto. Fue en ese momento cuando se acercó Seoyoung con el café de la expendedora.

Aunque tomara la infusión caliente, el frío no desaparecía; era un frío que nacía desde el fondo de mi ser. Recién cuando bebí la mitad pude percatarme de lo preocupada que se veía Seoyoung. Me dijo que pudo obtener de Choi la dirección de columbario donde descansaban los restos de Jeong, que podíamos ir cuando yo estuviera lista, y que ella iría conmigo.

Apenas pude sonreírle. Un rato después, Seoyoung comenzó a hablar de nuevo. La noticia la había desilusionado, pero con una mezcla de preocupación y expectativa, no tuvo más remedio que preguntarle lo siguiente a Choi...

—¿Sabía usted que Jeong la llamó Munju?

Choi dijo que no lo recordaba bien porque había pasado mucho tiempo, pero si afirmó recordar que Jeong cuidó de la niña alrededor de un año. Hubo una época en que escuchaba de él historias divertidas sobre la crianza. Él se sentía alegre en general, pero también abrumado de vez en cuando. Según Choi, el maquinista tenía una novia con la que se iba a casar y al final sí se casaron. Seguramente para la madre de Jeong, para su futura esposa y para la familia de su esposa no era grato ver que un hombre de treinta y un años, a punto de contraer matrimonio, hubiera acogido a una niña desamparada. De hecho, Choi también le había sugerido entregar a la niña a una institución especializada antes de su casamiento.

Desconocía por completo que Jeong estuviera a punto de casarse. Era muy pequeña para entender los planes de los adultos. Aunque ya era tarde, sentí curiosidad. ¿Será que, como dijo la hermana Gemma, una vez casado y con estabilidad económica, había tratado de convencer a su esposa de adoptarme? ¿Me habría imaginado jugando con sus hijos venideros? Quizá así fue. El nombre Jeong Munju podría ser la prueba de que pensaba así, pero...

Pero todo era una mera posibilidad. Él había desaparecido de la pantalla en donde se proyectaba mi vida, y tampoco había regresado; además, hace cinco años que ya no podía de ninguna manera volver a ingresar a la pantalla de este mundo. Ya no quedaba nada para juzgar lo que pensaba.

Para siempre.

—Pero hay una cosa que te puedo asegurar —continuó Choi con un vozarrón lleno de determinación—. Una vez que verificó que no había denuncias sobre una niña perdida en Cheongnyangni, es decir, una vez que se aseguró de que los padres no la buscaban, el señor Wusik eligió la institución con mucha prudencia. En sus días libres no solo visitaba el orfanato que le indicaron en la comisaría, sino que visitó otros lugares con buenas referencias, e investigaba todo lo que podía sobre ellos. En ese entonces, eran comunes los orfanatos sin habilitación que maltrataban a los niños. Los diarios estaban llenos de noticias sobre esos lugares. Así fue como se aseguró de no entregar a la niña a un lugar con gente malvada.

Esas palabras calmaron un poco a Seoyoung.

Enseguida, le explicó todo sobre la película a Choi, y le transmitió su deseo de entrevistarlo si lo permitía. Choi, una vez que se jubiló, se mudó al campo y cultivaba un pequeño huerto. Tenía mucho trabajo y no podía ausentarse. En su lugar, dijo que sería más adecuado reunirse con la esposa de Jeong, y le dio su número de teléfono.

Luego de colgar, Seoyoung llamó de inmediato a ese número. La esposa de Jeong dijo que le incomodaba estar frente a una cámara y rechazó la propuesta, pero su hija primogénita, la que se encontraba junto a la madre en el momento de la llamada, se mostró interesada y coordinaron una reunión. Sería mañana a las diez de la mañana, en la cafetería de Hapjeong donde trabajaba Seoyoung.

—Creo que es como la punta doblada de una foto. La abres y te das cuenta de que esa partecita era fundamental para entender la captura… El encuentro de mañana puede ser algo así.

Después de su largo relato, yo solo asentí dando a entender que eso era lo único que podíamos hacer.

Fuimos a tomar el ascensor. Allí le conté que estaba cuidando a Bokhui y se sorprendió muchísimo. A fin de cuentas, había sido su vecina por bastante tiempo. Mientras le conté la relación que forjé con la anciana, el ascensor llegó hasta el vestíbulo.

—Es solo mi opinión, pero si lo único que las une es haber comido solo tres veces en su restaurante, no creo que sea tu obligación cuidarla. Tal vez visitarla de vez en cuando…

Yo podía comprender que Seoyoung estuviera en desacuerdo conmigo. De vez en cuando yo tampoco podía creer la situación en la que me había metido cuando estaba ahí junto a Bokhui controlando su respiración.

—Así que el nombre de la anciana no es Bokhui. En su habitación vi que tenía otro nombre —dijo Seoyoung desconcertada en la puerta de la clínica.

—A mí también me pareció raro. Su nombre real es Chu Yeonhui. La otra anciana del barrio la llamaba Bokhui y el restaurante se llama así.

—¿Será el nombre de su hija?

—¿Su hija?

—En Corea es común que uno le ponga al comercio su nombre o el de sus hijos. La generación anterior a la nuestra solía llamar a la mujer por el nombre de sus hijos. Cuando yo era chica, la gente del barrio llamaba a mi mamá Seoyoung. «Seoyoung, acércate, Seoyoung, ¿a dónde vas?». Y así.

Ella no se percató del sacudón que me generó su explicación. De hecho, lo contó de forma monótona, con indiferencia, y se adelantó a cruzar el vestíbulo.

Luego de que Seoyoung se fuera, yo me quedé un buen rato sentada frente al televisor gigante del hall del hospital. Recordé a la niña de la foto. ¿Será que Bokhui me mintió? ¿O habrá sentido vergüenza y por eso le decía a la gente que la niña que envió en adopción a Bélgica no era su hija biológica? Eso significaba que su hija habría atravesado un proceso de adopción al margen de su voluntad, dando vueltas como el equipaje sobre la cinta transportadora hasta ser elegida por sus padres adoptivos. Igual que yo. Al menos tenía una pista. El aspecto de la niña en la foto… Esos rasgos físicos no eran comunes en Corea. Yo sabía que a alguien así le resultaría difícil integrarse a la sociedad coreana. No tener el valor para criarla frente al prejuicio social podía ser una de las causas por las que hubiese decidido darla en adopción.

No lo quería ni pensar, pero esa imagen no paraba de aparecer en mi mente. La niña de la foto nerviosa, observando a su alrededor, aterrorizada, en algún aeropuerto internacional en Bélgica; la niña que se despierta de una pesadilla en una casa ajena; ella rememorando el dolor del abandono, aún en los momentos de mayor alegría. Podía enumerar infinidad de situaciones como esa. Bokhui dijo sobre esa niña, la que tanto se parecía a mí, que le agradecía y que, también, le pedía perdón. Yo conozco muy bien la naturaleza de esas palabras. El agradecimiento y las disculpas son las excusas más comunes de los padres que entregan a sus hijos en adopción.

En el televisor se transmitía el noticiero. La voz grave del locutor sonaba extraña, como si hablara un idioma extranjero, y decía muchas palabras técnicas. En ese momento, esa lengua se me hacía incomprensible. Era un idioma extranjero. Yo estaba, sin lugar a dudas, en un país extranjero. «Mi tierra natal», se me escapó una risa por lo absurdo. Este país y su gente me habían abandonado, y yo había vivido más del ochenta por ciento de mi vida en Francia. Las personas como Bokhui... Repetí burlonamente en mi interior. Las personas como ella, las personas como mi madre biológica que, en vez de proteger y criar, abandonaron y escaparon. Las personas como la directora del orfanato o como los empleados de la agencia de adopción, los que cobraron una comisión por una venta. Todos, un país lleno de personas así, ¡solo este es un país así! ¡¿Por qué?!

¿Para qué vine aquí? ¿Para qué...?

Mi cuerpo se inclinó mecánicamente hacia adelante. Acurrucada, observé el suelo y me levanté de la silla. Tambaleando, volví mis pasos por el vestíbulo hacia el ascensor. Cuando llegué a la habitación de Bokhui, abrí la puerta con fuerza y, sin encender la luz, caminé hacia la cama cerca de la ventana.

—¿Por qué la abandonaste? A la verdadera Bokhui.

Hasta yo podía escuchar la frialdad en mi voz, pero Bokhui solo respiraba de forma pacífica. Sentía que si le sacudía los hombros, se despertaría sorprendida y me miraría a los ojos. Quizás, yo hubiera perdido la cabeza, y le hubiese exigido que me dijera que no la quiso abandonar, que solo la quiso dejar por un tiempo para ir a buscarla luego, pero que se le hizo demasiado tarde.

Tomé mi bolso y salí de la habitación como si me escapara. Esa noche no tenía ganas de cuidarla. Quizás, nunca más podría hacerlo.

Caminé sin detenerme desde el hospital hasta la casa de Seoyoung. El aire condensado por el calor del día se había arrastrado hacia la noche, no llegaba a despeinarme el pelo, pero yo me tambaleaba como si atravesara un vendaval. Luego de caminar una media hora, me encontré frente al restaurante. Estaba iluminado y en la entrada reconocí el carro: era el de la anciana. Dentro, ella ocupaba una mesa y bebía *soju* como si fuera la misma Bokhui.

Al abrir la puerta, la anciana ni siquiera me miró y murmuró que el lugar estaba cerrado, que me fuera. La ignoré y me senté frente a ella. Solo entonces levantó la vista irritada:

—¿Por qué se sienta? Dije que el lugar está cerrado.

—¿Y usted puede estar aquí sin permiso de la dueña? También vi que el otro día se estaba robando la arrocera y la vajilla del lugar.

No me importaba la arrocera ni las vajillas, tampoco tenía ganas de pelearme, pero mi tono era agresivo.

—¿Que robé? ¿Acaso llevarme lo mío es robar?

—¿Lo suyo?

—Bokhui me lo dijo. Que si algo le pasaba, que tome lo que quiera del restaurante. Las vajillas, la heladera, todo. Que me los lleve y los venda. ¿Me entiende? Bokhui me cedió todo lo que hay en este lugar. ¡Todo lo que hay aquí es mío!

—¿Bokhui? ¿Dice que la señora del restaurante se llama Bokhui? No, ella no es Bokhui. Ella se llama Chu Yeonhui.

—¿Qué?

—¿Quiere que le diga quién es Bokhui? Es la hija que la señora Chu dio en adopción en Bélgica. La abandonó y se olvidó de ella; y ahora abrió un restaurante con ese nombre y se hace la víctima, fingiendo esperarla. ¿No es así?

La anciana me miró fijo en vez de responder. En ese vacío cargado de silencio, las miradas de la anciana y la mía se entrelazaron de forma compleja. Pasado un rato, trajo un vaso de *soju* y me sirvió un trago.

—¿Dice que Bokhui, la vieja de este restaurante, tuvo una hija y la mandó en adopción? —preguntó en un tono apaciguado—. No sé quién te dijo ese disparate, pero ella no tuvo hijos. Hasta donde yo sé no tiene.

La anciana continuó hablando. Cuando le pregunté si estaba segura, se inclinó hacia mí como si hubiese dicho algo muy interesante y me replicó:

—¿Segura? Me pregunta como si fuera un juez. Sí, algo escuché. Bokhui se había casado cuando tenía veintidós o veintitrés años y enseguida tuvo una hija, pero dicen que se murió antes de cumplir el año. Luego, por más que lo intentara, no logró volver a quedar embarazada. Por eso su marido y la familia la echaron. Pero, mira…

—…

—Todo eso fue hace cincuenta años. Cuando pasan unos cincuenta años, una ya ni se acuerda qué hizo, ni con quién. Me emborraché, dormí en lindos lugares con viento y cuando me desperté el mundo me dijo: vieja de mierda. Así que solo hay dos opciones y solo queda una. O una sigue bebiendo y despierta del sueño o se duerme para no despertar nunca más.

Para mi sorpresa, la anciana era una hábil conversadora. ¿Quién era esta mujer? Mejor dicho, ¿qué clase de vida habrá tenido? De repente sentí curiosidad por ella. ¿Cuál sería su nombre?

—A la niña… —dijo la anciana luego de beber dos vasos seguidos de *soju*—. Hubo una vez alguien que crio a una niña, aunque era la hija de otra persona. Imagino que conoce la historia, señora del tercer piso, ¿no es cierto?

—Esa otra persona… ¿era Boksun?

—Oiga, Tercer Piso, ¿le parece que yo vivo pensando en nombres ajenos? ¿Qué importa cómo se llamaba? Puede llamarse Mierda o Buda, eso no importa, carajo.

—¿Usted sabe algo de mí?

—Vive en el tercer piso. Por eso la llamo Tercer Piso. ¿No es así? ¿No es la del tercer piso?

—¿Y qué más? ¿Qué más sabe sobre mí?

—Sé que Bokhui cambió. Hasta ahora yo pensaba que la vieja se la pasaba rezando. No se preocupaba por los clientes, solo malgastaba sus ahorros. Pero desde que llegó usted, Tercer Piso, le apareció vida en el rostro. Podrá engañar al diablo, pero a mí, no.

Al decir eso, la vieja torció los labios en una sonrisa. No, seguramente se rio. Porque oí su risa, pero su cara parecía enojada, y su cuerpo parecía soportar un dolor. Quizás se veía así por sus arrugas profundas y sus dientes caídos. Tal vez estuvo tanto tiempo sin sonreír que sus músculos faciales se habían endurecido.

En un momento, la anciana se calló y, por alguna razón, miró al vacío, bebió lo que quedaba en su vaso, empujó la silla hacia atrás y se levantó. Al salir del restaurante sin despedirse, le pregunté por qué no iba al hospital.

—Dicen que aunque fuera no me reconocería, ¿para qué iría?

—...

—¿Sabe? Yo vivo al día. Si hoy no trabajo, mañana pasaré hambre. No me da lástima su muerte. Lo jodido es vivir, la vida es la cagada.

—...

—Cuando ella parta, avíseme de alguna forma.

—...

Tras ese último pedido, la vieja salió del restaurante de inmediato. Al menos aclaró uno de mis malentendidos, que se había agigantado hasta convertirse en desilusión, pero no me contó todo sobre Bokhui. O al menos, eso parecía. Yo noté el cambio en su rostro cuando mencioné el nombre de Boksun. Bokhui, Yeonhui y

Boksun. Para entender la vida que se desplegaba tras esos nombres, debía reencontrarme con ella. Caí en la cuenta de que tampoco le había preguntado sobre el significado de esos nombres. Misun, Hyeonsuk, Jungmee, Youngok, Jaehye, Kumsun, Nanhee… Fui enumerando en mi cabeza nombres que podrían adecuarse a la vieja y, como Bokhui, miré estoicamente el vaso transparente de *soju* frente a mí.

Detrás de mí comenzó a sonar el teléfono. Ya me sabía de memoria esa melodía. Me di la vuelta despacio. Sin pensarlo, me paré, abrí la puerta del fondo y entré a la habitación de Bokhui. Hice una apuesta en mi interior y al final la perdí. El teléfono no paró de sonar hasta que puse mis manos en él.

Conteniendo la respiración, abrí el móvil plegable.

# CAPÍTULO DOCE

El maquinista Jeong Wusik se casó en el invierno de 1983, poco después de enviarme al orfanato Nazaret. Tuvo una hija y un hijo con apenas dos años de diferencia. Formó una familia feliz. Su madre, es decir, la mujer que me dio a conocer el sabor del *susubukkumi*, no pudo superar la pérdida de su hijo y, desde hace dos años, lleva una vida casi de reclusa en su pueblo natal, Yeongwol, en la provincia de Gangwon-do. Yeongwol significa «paso pacífico» pero, según el diccionario, era un topónimo irónico por los rasgos geográficos del lugar, repleto de altas montañas y ríos con corrientes fuertes.

—Por eso todavía no le hablé de usted, Munju *onni*. Mi abuela casi no atiende el teléfono y, cuando de vez en cuando logramos hablar, no me entiende porque escucha muy mal. Para hablar con ella, lo mejor sería ir a verla en persona, pero para ir a su pueblo hay que tomarse todo un día —dijo, sentada frente a mí, la hija mayor de Jeong Wusik.

De lo que me decía, más que la información me llamaba la atención su manera de llamarme *onni*, es decir, «hermana mayor». Era un vocativo que chocaba contra mí, pero no dejaba huellas. Su nombre era Mungyeong, tenía treinta y tantos y era profesora de inglés. Me dijo que su hermano se llamaba Hwigyeong. Munju, Mungyeong y Hwigyeong. El patrón en que las sílabas encajaban y se superponían me era familiar.

—*Mun* quiere decir «forma» y *gyeong*, «luz de sol». Así que se podría interpretar como «la forma de los rayos del sol». En el nombre de mi hermano, *Hwi* significa «brillar», sería algo como «sol resplandeciente». Sí, a los dos nos puso el nombre nuestro padre.

Mientras Mungyeong lo explicaba, la cámara de Seoyoung acercaba un plano de su rostro. Mi mirada también se dirigió de manera natural hacia ella. Su nombre no era casual: no podía apartar los ojos de ese rostro luminoso que había heredado los rasgos del maquinista. Con cautela, retomé la conversación.

—Entonces, es muy probable que el *mun* de mi nombre también signifique «forma». ¿Alguna vez escuchó algo así de su padre en vida?

—Bueno... eso...

—Parece... que no habló sobre mí.

Quizá adivinando en mi expresión cierta decepción, Mungyeong negó con la cabeza y respondió con firmeza:

—Escuché muchísimas veces hablar a papá con la abuela. Pero en sus conversaciones la mencionaban como «la nena». Recién ahora me enteré de que esa nena tenía un nombre parecido al mío.

—¿«La nena» decían?

—Sí, siempre la llamaban así. A la nena le gustaba comer esto, la nena debe de haber encontrado buenos padres, la nena seguro ya se casó... cosas así.

Reí. Mungyeong se rio conmigo, como avergonzada. Mientras lo hacía, repasé lo bueno y lo malo que había descubierto al conocerla. Lo malo: que el maquinista nunca había pensado en adoptarme. Lo bueno: que, aun así, me había recordado. Me sentí igual de serena frente a ambas verdades.

Quería seguir sintiéndome así.

—Dentro de dos semanas tengo vacaciones y pensaba ir a ver a la abuela. Le voy a preguntar cómo fue que eligieron su nombre.

Le respondí que esperaría las novedades. Pensar que pronto se revelaría el lugar donde comenzaron mis recuerdos me hacía comprender la desolación de un velocista que se queda sin aliento justo antes de la meta. Era un vacío difícil de explicar.

—*Susubukkumi*…

Luego de un breve silencio, comencé a hablar de nuevo.

—¿Qué?

—El *susubukkumi*. La abuela lo cocinaba siempre que llovía. Seguro que también lo ha probado, ¿no?

—Ay, sí. Hasta cansarme.

—Cuando la vea, ¿le diría que yo extrañé mucho ese plato? Y también, que si por casualidad recuerda algo de la ropa que llevaba puesta o de los objetos que tenía conmigo cuando me encontraron en las vías, quiero saberlo. Y además…

—…

Hice una pausa y aspiré hondo. Enfrente, Mungyeong me observaba en silencio.

—Y además, que estoy viva gracias a que me alimentó en ese momento. Que vine hasta aquí en avión, aun estando embarazada, porque no podía olvidar ese sabor. Por favor, dígale eso.

Cuando terminé de hablar, Mungyeong parpadeó con los ojos muy abiertos, y Seoyoung y Eun se miraron con la boca entreabierta. De todos, Seoyoung era la más sorprendida. En seguida Mungyeong sonrió radiante y me felicitó; Eun recuperó su expresión habitual, pero Seoyoung siguió mirándome confundida. Poco después, se escuchó la voz de Seoyoung señalando el corte, un poco temblorosa.

Terminada la grabación, Mungyeong se me acercó con cuidado, como si tuviera algo que decirme en privado.

—Disculpe… ¿Podría darle un abrazo?

—¿…?

—Papá me abrazaba así cada vez que volvía de algún lugar lejano. Yo hoy estoy aquí en nombre de mi papá.

—Entonces…

Mungyeong me dedicó una gran sonrisa y me rodeó con los brazos. Su aliento era dulce como el azúcar y las palmas de sus manos eran suaves. La voz agradeciéndome por buscar a su padre me envolvió el oído con ternura. Solo entonces pude sentir que había encontrado rastros de él en ella.

En los brazos de Mungyeong, sollocé un poco.

Cuando Mungyeong se fue, Soyul y Eun conversaron sobre buenos restaurantes alrededor de la cafetería. Seoyoung parecía tener mucho para decir y daba vueltas a mi alrededor. Sabía que en los días de rodaje solíamos comer juntos, pero yo tenía que ir a otro lugar. Cuando le expliqué que no podría acompañarlos porque tenía un compromiso, me miró como si fuera a largarse a llorar.

—¿Vas de nuevo a cuidar a la anciana del restaurante?

—Antes tengo que pasar por otro lado. ¿Por qué? ¿Qué te preocupa?

—En los hospitales hay muchos gérmenes...

Los ojos de Seoyoung se enrojecieron y Eun le reprochó que se estaba preocupando de más. Tomé de las manos a Seoyoung y le expliqué que lo hacía porque quería y que no se preocupara por mí. Con la vista fija en mi vientre, asintió.

Agarré mi bolso, salí de la cafetería y me tomé un taxi a un centro de protección de menores de Seongbuk-gu: allí había llegado una carta que Bokhui esperó durante diez años. La noche anterior me habían contado la historia.

Apenas entré a su habitación y contesté el teléfono, un joven comenzó a desahogarse sin pausa. Se quejaba de que había llamado muchísimas veces en los últimos días y recién ahora atendía, que incluso después de salir del trabajo llamaba a cada rato por si contestaban a cualquier hora, que iba a reclamar horas extra... Su tono, a medio camino entre la broma y la preocupación, dejaba entrever que tenía una relación cercana con Bokhui.

—Disculpe... yo solo atendí el teléfono por ella...

No tuve más remedio que interrumpirlo con dificultad. Sorprendido, me preguntó quién era. Mientras le explicaba la situación, el señor suspiraba y se lamentaba; me preguntó por el nombre del hospital y el pronóstico del médico.

Y luego comenzó a narrar una larga historia.

Se presentó como un empleado de un centro de protección de menores y, según él, conocía a la «abuela Chu Yeonhui» desde hacía unos cuatros años. No necesitaba confirmarlo: era evidente que se trataba del mismo empleado que le había indicado a Seoyoung el camino al restaurante de Bokhui. Chu Yeonhui enviaba una carta por mes, a través del centro, desde hacía diez años. Todas iban dirigidas a Baek Bokhui, que había sido adoptada en Bélgica. Como el centro no podía revelar a los padres biológicos o a las familias de acogida la dirección ni el número de teléfono de los padres adoptivos sin su consentimiento, Chu Yeonhui no tenía más opción que enviar las cartas a través de ellos. Chu Yeonhui era famosa en el centro. No era nada común enviar cartas durante tanto tiempo sin tener jamás respuesta. Es más, Chu Yeonhui era la única. Además, ella no era la madre biológica de Bokhui. Según los papeles, la madre biológica de Baek Bokhui era Baek Boksun, y Chu Yeonhui era solo una tutora legal.

Desde que él comenzó a trabajar y tomó el caso de Chu y antes también, las cartas casi siempre eran devueltas y jamás había llegado ninguna respuesta. Podía deberse a que algo hubiera cambiado en la situación personal de Baek Bokhui, pero también era posible que los padres adoptivos se hubieran propuesto rechazar la correspondencia. El centro no tenía forma de averiguar el motivo. No tenían los medios. La dirección y el número de teléfono de los padres adoptivos que figuraban en sus archivos eran apenas registros antiguos, nunca verificados ni actualizados.

Sin embargo, la semana pasada, sorprendentemente, llegó por primera vez una respuesta de Baek Bokhui. En el centro nadie se animó ni siquiera a abrir la carta. Esa carta debía, sin falta, ser recibida y leída por Chu Yeonhui en primer lugar.

—Ahora que por fin llegó una carta... De verdad es una pena.

El empleado suspiró y continuó hablando. Le pregunté si podía retirar la carta. El hombre titubeó en silencio, y solo después de un rato, respondió que me entregaría la carta. Pero me puso una condición: debía tomar fotos o grabar un vídeo del momento en el que le leyera la carta y enviárselos por correo electrónico. Accedí a esa condición. Aunque no me hubiera impuesto esa condición, de algún modo yo misma habría querido demostrarle que había entregado la carta a su verdadera destinataria.

Sin darme cuenta, ya estaba en la puerta del centro de protección de menores.

Saqué mi teléfono, llamé al empleado y lo esperé ansiosa.

# CAPÍTULO TRECE

*Querida Yeonhui:*

*¿Cómo ha estado? ¿Se encuentra bien de salud?*

*Me desperté en la madrugada para escribir esta carta y la verdad es que estoy abrumada. No estoy acostumbrada a expresar mis sentimientos o pensamientos por escrito, y además me resulta más difícil escribir en inglés que en francés. Escribo en inglés porque casi he olvidado el coreano y porque, en mis recuerdos, usted sabía hablar algo de inglés. Todavía lo recuerdo: en ese barrio se oían por todas partes palabras mezcladas en inglés y coreano... Ya no debe vivir allí, ¿verdad?*

*Me fui de Corea en 1987, así que ya han pasado más de treinta años. Mientras yo llegaba a los cuarenta, usted habrá alcanzado más o menos los setenta. ¿Cómo podría resumir todo lo que pasó en treinta años en una sola carta? Eso sería imposible. Pero aunque sea imposible trataré de escribir con la mayor sinceridad posible todo lo que pueda.*

*Yeonhui, empezaré por algo que seguramente no quiera oír.*

*Yo no fui feliz en Bélgica. Como suele pasar con niños como yo, no pude asentarme con mi familia* adoptiva y nunca recibí el afecto que me correspondía. Durante toda mi infancia y juventud me sentí confundida por no saber quién era, y la verdad es que aún hoy a veces me siento así. La adopción me salvó del abandono, pero a su vez me arrebató parte de lo más importante de mí misma. Cuanto más sentía que mi vida en Bélgica era desgraciada, más resentimiento guardaba hacia usted. Quizás porque recordaba el amor que usted me dio, me resultaba más difícil perdonarla. Todavía recuerdo con bastante claridad el día que me llevó al centro de menores. Ese día tuvimos una reunión con mis padres adoptivos. Me sonreían pero, al mismo tiempo, sentía que me estaban evaluando. El proceso de adopción avanzó sin dificultades: los innumerables documentos, la salida y la llegada a otro país... Estaba aterrada y me sentí muy sola, pero usted me evitó y ni me acompañó al aeropuerto el día de la partida. No estaba preparada para entender el porqué de sus decisiones, ni me sentía segura de esa voz interior que me decía que quería verla, que necesitaba verla.

Para serle sincera, nunca abrí las cartas que me envió durante diez años. Cada vez que visitaba la casa de mis padres adoptivos recibía sus cartas, pero las guardaba en una caja vieja y me olvidaba de ellas. Hace algunos años, mis padres adoptivos se mudaron a otra ciudad y desde entonces ya no pude recibirlas. Acepté toda esa situación como un ciclo natural.

Hace poco empecé a sacar las cartas suyas que había olvidado en aquella caja, y a leerlas.

*Hace tres meses, durante un chequeo médico, me enteré de que tengo un tumor en el pecho izquierdo. Luego de la ecografía, el médico me sugirió realizar una biopsia. Una vez que tomaron la muestra, tuve que esperar un mes los resultados. Ese mes fue una prueba para medir el límite de mi paciencia. El tiempo no avanzaba. Durante ese mes interminable, empecé a leer sus cartas. No podía ser de otra manera. Inesperadamente, el tumor me recordó que yo ya tuve la suerte de que usted se hiciera cargo de mí. Que gracias a su amor y a su esfuerzo, mi vida ya se había prolongado. Yo nunca me olvidaré de que usted a sus treinta años se sacrificó de una forma increíble tanto para cuidar a mi madre como para criarme a mí.*

*Para entender sus cartas y descifrar sus oraciones tuve que rebuscármelas con el diccionario durante horas pero, de pronto, ese tiempo se transformó en un descanso que calmaba mis miedos. Cuando ya estaba terminando de leerlas, sentí que quería agradecerle, sin importar cuál fuera el resultado del estudio, y me convencí de que no debía seguir ignorando ni posponiendo ese sentimiento.*

*Yeonhui, espero que reciba esta respuesta tardía con alegría.*

*Aunque llegue muy tarde, por fin puedo transmitirle que quiero conocerla. Quiero verla y aprender más sobre mi vida. No sé qué más puedo decirle, pero esto es lo más sincero que siento en el corazón.*

*Posdata: Si usted acepta y me da permiso para visitarla en Corea, quisiera que vayamos juntas a la tumba de mi madre. Recuerdo haber ido muchas veces allí, tomada de su mano. ¿Recuerda dónde está la tumba? Quiero mostrarle a mi madre cómo soy ahora.*

*Le dejo mi número de teléfono.*

—¿Quiere que deje de grabar? —dijo la enfermera.

Asentí con la cabeza y enseguida se acercó para devolverme el móvil. En él debía de haberse guardado el vídeo donde yo leía en voz alta, traducida al coreano, la carta de Baek Bokhui a Bokhui... no, a Yeonhui: ahora que la verdadera Bokhui había aparecido, para mí también debía ser Yeonhui.

La enfermera masajeaba los brazos y las piernas de Yeonhui, mientras murmuraba: «Que buena abuela, así de buena, tiene que vivir muchos años, por favor, ya despierte». Yo la observaba en silencio y, tomando la bolsa de orina de Yeonhui, salí de la habitación. Atravesé el pasillo lo más lento que pude, vacié la bolsa en el inodoro y cuando regresé, la enfermera ya se había retirado. En su lugar estaba la cuidadora, una señora mayor. A unos pasos de distancia, observé cómo la desvestía, le cambiaba el pañal, y con una toalla húmeda le limpiaba el rostro, el cuello, el pecho y el abdomen con sus pliegues, hasta llegar a los genitales. Ver el cuerpo desnudo de una desconocida era algo perturbador, pero al pensar que ese cuerpo también era el destino al que llegaría mi cuerpo algún día, no supuso algo insoportable.

Una vez que la cuidadora se marchó, tomé la mano de Yeonhui. Era cierto que había dado en adopción a la niña que había criado como a una hija, pero aun así me parecía imposible odiarla. Como si fuera lo único que podía hacer, apreté con más fuerza su mano. Era una mano llena de manchas seniles, con los huesos de las articulaciones salientes. La mano de una anciana, pero pequeña. «Qué pequeñas», murmuré. Era increíble que con esas manos tan pequeñas hubiese trabajado tantos años. Tampoco podía creer que eran las manos que habían criado a Baek Bokhui, cuidado de Baek Boksun y cocinado para mí. Con cuidado, deslicé esa mano de uñas descuidadas y largas bajo las sábanas.

Cuando saliera del hospital, tendría que llamar al número que aparecía en la carta. Tras contarle del estado de Yeonhui, debería también decirle que por ahora no había manera de encontrar la tumba de Baek Boksun. Todas malas noticias que por el momento solo quería postergar. La tumba… tumba. Al repetir esa palabra, recordé una frase de Baek Bokhui. Si Yeonhui, tomándola de la mano, la había llevado varias veces a visitar la tumba, era probable que ese lugar no quedara lejos de donde habían vivido las tres. Si quería encontrar la tumba, primero tenía que averiguar la ubicación de la casa donde Yeonhui había criado a Baek Bokhui junto a Baek Boksun. Y, por más que pensara, la única persona a la que podía recurrir era ella. Tomé mi bolso y salí de la habitación. Aceleré el paso. Pensaba esperarla en la puerta del restaurante Bokhui.

# CAPÍTULO CATORCE

Un día se fue de Itaewon sin avisar y no supe de ella por veinte años. Dijo que trabajó mucho tiempo en un sanatorio en Cheonan. También que estuvo en un centro de rehabilitación para ancianos en un lugar al que solo se podía llegar en barco, creo que en Gunsan. Y así de la nada regresó sin que nadie lo note y abrió el restaurante. Una mujer que no sabía ni hacer una sopa y ya estaba vieja. Para matarse de risa —puntualizó.

Cuando dijo «para matarse de risa», la anciana se rio de verdad. Así pude conocer su verdadera sonrisa. No se le torcían los labios, ni se le endurecían los músculos del rostro. Al contrario, era una cara inocente: los ojos brillaron y los pómulos se elevaron con naturalidad. Nunca la había visto así.

La anciana me estuba contando todo lo que sabía de la vida de Yeonhui. Dónde nació, cómo cambió su vida luego de la guerra, el dolor de haber perdido a su hermano menor y a su hija... Faltaban las historias de Baek Boksun y Baek Bokhui, pero teniendo en cuenta la actitud habitual de la anciana, indiferente o agresiva, esa faceta suya me resultó inesperada. Solo más tarde, cuando comprendí que Yeonhui había sido una persona mucho más solitaria de lo que yo había supuesto, pude entender a la anciana de esa noche. Para ella, yo iba a ser de las pocas personas que recordarían a Yeonhui en este mundo. Alguien que guardaría en la memoria cómo había vivido, para después rememorarla y llorarla...

—A Baek Bokhui la conoce, ¿cierto? Bokhui, la del nombre del restaurante. Yeonhui la estuvo esperando mucho tiempo —dije con cautela mientras le llenaba el vaso de *soju*.

La anciana podía reaccionar a la defensiva como la vez que mencioné a Boksun. Vi cómo brilló una luz tenue en sus pupilas. Unos ojos tan turbios, tan indescifrables, que por más que me esforzara en leerlos no alcanzaba a comprender.

—Hoy conseguí el teléfono de Bokhui y la llamé. Me dijo que quiere venir a Seúl en quince días. Pero...

—...

—Quiere ir a la tumba de su madre biológica. Me comentó que era lo que más deseaba. Por eso... si sabe dónde está la tumba, por favor, dígamelo. No, tiene que decírmelo. Yeonhui también querría que usted lo hiciera.

—¿Piensa que sabría dónde queda la tumba de esa tal Boknam, Boksun o como sea que se llame? —respondió de golpe con mucha agresividad.

Cuando su mirada se cruzó con la mía, bebió el *soju* que le quedaba y se frotó con fuerza los párpados con la palma de la mano.

—... Me tengo que ir. Estoy exhausta.

La anciana se levantó de forma abrupta. Tambaleándose borracha, salió del restaurante arrastrando dos sillas, la parte de hoy de la herencia que le había dejado

Yeonhui. Ahora que lo notaba, solo quedaban sillas y mesas en el restaurante; en la zona de la cocina, donde se apilaban los utensilios, también se veían muchos huecos vacíos. Tomé dos sartenes y las puse en su carro, atando con fuerza la soga que sostenía las sillas para que no se cayeran. Delante del carro, la anciana observaba mis movimientos.

Enseguida comenzó a alejarse del restaurante. Antes de doblar en la esquina, me miró de reojo. Sin pensar, la despedí con la mano y ella se quedó un buen rato sin moverse. Ya era de noche así que no pude distinguir la expresión de su rostro.

Como había escuchado de la anciana una parte de la vida de Yeonhui, ahora podía imaginar mucho más. La escena más lejana que lograba concebir era esta:

Ruido de sirenas. Las calles se colmaban de personas horrorizadas que huían de sus casas. Llanto de niños y animales, olor a pólvora, estrépito de tanques y bombarderos. Un ambiente cargado de miedo. El aviso inminente de la muerte que se acerca. Todo eso era Seúl cuando Yeonhui cumplió cuatro años... En medio de la guerra, cuando la gente moría y los cadáveres se acumulaban, la madre de Yeonhui dio a luz a un varón. El bebé nació sano, pero escaseaban adultos que pudieran defenderlo y el escudo del mundo era débil. El padre, luego de ver nacer a su hijo, huyó de Seúl para no ser reclutado y jamás regresó. Contra las expectativas de todos, la guerra no terminó de inmediato. El hermano menor de Yeonhui murió a los tres meses de haber nacido. Probablemente de alguna enfermedad no tan grave, pero que en un estado de desnutrición resultó fatal. Cuando su hermano murió, Yeonhui todavía era una niña que no entendía la diferencia entre morir y dormir. Quizás observó con tristeza a su madre llorando con su hermano en brazos, sin comprender del todo qué sucedía.

Tres años después terminó la guerra y su madre se volvió a casar. Seguramente habría estado harta del desenlace fatal de su primer matrimonio y habría querido huir lo más lejos posible de todo lo que se lo recordara. Yeonhui vivió con la nueva familia y vio cómo su madre tuvo dos hijos con su nuevo esposo. Por la actitud de su hermana menor, la que figuraba en la póliza del seguro como su responsable legal y beneficiaria, podía deducirse que en aquella familia Yenhui fue una persona indeseada. Una vez que alcanzó la mayoría de edad, Yeonhui habría podido desligarse de su madre, trabajando durante el día y estudiando enfermería durante la noche. Es probable que haya elegido ese oficio para conseguir trabajo lo más rápido posible. Quizás, por la misma razón, se habría casado apenas empezó a trabajar como enfermera. Su vida de casada ya la había oído de la anciana. Se había casado a los veintidós o veintitrés años y cuando su hija de poco más de un año falleció y no pudo volver a quedar embarazada, su esposo y su familia política la abandonaron…

Salí del restaurante y mientras subía por las escaleras hacia el tercer piso, me di cuenta de que ya no podía ignorar esa imagen: la escena de Yeonhui con su hija muerta en brazos. En mi mente, ella se veía extrañamente tranquila y fría, como alguien que perdió la esperanza y el entusiasmo en un segundo. No podía ser de otra forma. Cuando Yeonhui sintió el cuerpo de su hija enfriándose, los músculos endurecerse, seguro volvió a sentir el dolor de cuando perdió a su hermano. Habrá perdido el deseo de vivir porque la vida se había ensañado en quitarle todo lo que amaba. A partir de aquel día y por mucho tiempo, comenzó su rendición, teñida de repulsión hacia su propia vida...

Estaba convencida de que hasta encontrarse con Boksun y Bokhui, Yeonhui atravesó un período similar al que pasé en la universidad. Vivir sin saber por qué nacimos, sin voluntad; un tiempo de oscuridad, donde el alma se encuentra rozando a la muerte. Por eso ella no ignoró a la enferma Boksun, ni a la hija que había dado a luz. Mejor dicho, no las pudo ignorar. Madre e hija le debieron recordar las dos vidas que no pudo proteger, y por eso tomó la decisión de no dejarlas morir en la fría indiferencia. La vida habrá sido, para Yeonhui, consuelo y salvación.

Ahora, para mí, Chu Yeonhui no era solo el nombre de una mujer mayor que trabajaba en el restaurante Bokhui. Era un ser humano demasiado concreto: alguien que a pesar de las pérdidas soñó y que a pesar de sus heridas se esforzó para que ese dolor no se repita en otra vida. Chu Yeonhui, nacida en 1948, la segunda madre de Baek Bokhui...

A la mañana siguiente, recibí una llamada del empleado del centro de menores. Hasta atender, yo no había sido consciente de que Bokhui era una niña adoptada en diferentes circunstancias a las mías. Ella y yo teníamos tan solo dos años de diferencia y habíamos sido adoptadas en una época similar, pero ella sabía quién era su madre biológica y quién la había criado. Esa información estaba documentada. La partida de nacimiento era un documento que ella tenía y yo no.

Cuando colgué y me acerqué al centro, el empleado me dio una copia del certificado de nacimiento. Aunque por norma solo los familiares o parientes de los adoptados tienen derecho a consultar esos documentos, juzgó que el caso era excepcional y me facilitó una copia. Me había llamado solo para agradecerme por la grabación y hasta ese momento él no sabía que Bokhui iba a viajar a Corea para ver la tumba de la madre. Él no se mostró muy convencido con mi conjetura de que debía estar en Itaewon, por eso me aconsejó que fuera al centro a ver ese documento, ya que en él constaba la última dirección antes de ser adoptada. En su gesto podía adivinar la voluntad de ayudar a que Baek Bokhui encontrase la tumba.

Leí con calma el certificado en una sala vacía. En el registro no solo figuraban los datos básicos sobre ella, sino también el proceso de su nacimiento y crecimiento: la historia de cómo Yeonhui, que era enfermera, conoció a Boksun embarazada y cómo la primera se involucró en el parto y la crianza de Bokhui. Pude saber que Boksun quedó embarazada a los dieciocho años y que Yeonhui tenía treinta en ese momento. No figuraban ni la causa de muerte, ni cómo la habían velado. Sobre el padre biológico, solo se mencionaba su profesión, pero no su nombre, ni ningún dato que permitiera identificarlo. De lo que más me intrigaba, es decir, la razón de la adopción, apenas decía: «cambios en el entorno» y «recomendación del entorno». Formalidades de las que resultaba imposible no advertir que habían sido redactadas para ocultar la verdad. Al pie figuraba la firma de Chu Yeonhui, así que era seguro que ella seleccionó y redactó la información de la ficha.

—Yeonhui no era una persona común. Ella era muy valiente para la época —dijo el empleado al ingresar a la sala con una bebida para mí.

Dejé de leer y lo miré.

—No sé cómo se dice en inglés... Ah, sí. *Military Camp Town*, el barrio de los militares. Según la ficha, Boksun trabajaba allí. El padre biológico de Bokhui era un soldado estadounidense. Hoy es un barrio con vida nocturna, como cualquier otro, pero en los años setenta la cosa era distinta. Que una mujer soltera, con una ocupación estable, formara con la señora Boksun, que trabajaba allí, una especie de familia alternativa, era algo muy excepcional.

—¿Una familia alternativa?

—Claro. No la típica familia por matrimonio o sangre, sino una comunidad, a veces más unida que la propia familia, en la que se comparte el día a día y el sustento. Yeonhui ejercía el rol de cabeza de esa familia.

El empleado continuó explicando cómo había sido el *military camp town* en la época de Boksun y, cuando estaba terminando, no pude evitar releer el documento una vez más.

Al salir del centro, me fui a Hapjeong en metro. No me sentía capaz de encontrar la tumba yo sola y, además, el tiempo apremiaba: faltaban solo diez días para que llegue Bokhui. Quería encontrar la tumba en ese plazo. Cuando llegué a Hapjeong, abrí la puerta de la cafetería y vi a Seoyoung concentrada filtrando café del otro lado de la barra. Tenía mucho que contarle.

# CAPÍTULO QUINCE

Después de que terminara la Guerra de Corea, se siguió enviando a los soldados estadounidenses a Corea, y alrededor de sus campamentos se comenzaron a formar barrios para comer, beber y consumir. *Military Camp Town*, es decir, el barrio de los militares.

—Pero hasta principios de los noventa, el barrio de los militares era un tabú. Como si hubieran estado bajo los efectos de una hipnosis colectiva, los coreanos nunca pronunciaban ese nombre. Yo misma lo descubrí al leer artículos relacionados con el tema: los barrios militares no solo tenían una connotación sexual para los coreanos, sino también un sentido de humillación frente a las potencias mundiales. Por eso los ocultaban.

Seoyoung había investigado sobre el tema durante los últimos dos días y de tanto en tanto continuaba su explicación. Ella sugirió investigar el barrio donde Boksun había vivido hasta tener a Bokhui, así que caminábamos por los callejones detrás de la estación Itaewon. Luego de leer en la cafetería de Hapjeong la copia del certificado, dijo que me quería ayudar a encontrar la tumba. También quería grabar el proceso y, como no estaba en los planes iniciales, no le pediría ayuda a Soyul, ni a Eun. Parecía muy determinada a filmar sola y me explicó que después lo editaría para que se integre bien en la película. Si todo salía bien, la investigación sobre el lugar de la tumba sería la parte final. De todas formas, hasta que no nos llamara Mungyeong, no teníamos otras escenas que filmar. Si Mungyeong olvidaba mi petición y no volvíamos a vernos, la película de Seoyoung podía quedar inconclusa.

—El club donde Boksun trabajó y vivió hasta mudarse con Yeonhui debería estar por aquí.

Ante las palabras de Seoyoung, me detuve y miré a mi alrededor. ¿El supermercado, el restaurante turco y la casa de cambio había sido en su momento una suerte de pasaje? Como si hubiéramos caminado por un largo túnel a oscuras, el barrio militar del pasado que se abría ante mis ojos era un paraje tan desolado que no podía compararse a ninguna otra zona de Seúl.

Aunque estaba a apenas diez minutos a pie de la estación, Seoyoung dijo que aquel lugar había quedado completamente marginado del desarrollo urbano durante los últimos treinta años. Y en efecto, los alrededores de la estación estaban llenos de restaurantes llamativos, franquicias de cafeterías y gente con ganas de consumir. El antiguo barrio de los militares, que en su momento fue una de las zonas comerciales más dinámicas de Seúl, con el paso del tiempo quedó abandonado, sobre todo a partir de la década de 1990, cuando disminuyó el número de soldados estadounidenses y muchas de las tropas se trasladaron a otras ciudades.

A medida que nos adentrábamos en los callejos, más se profundizaba la sensación de deterioro. Me hizo recordar a suburbios parisinos donde abundan inmigrantes e indocumentados. Tiendas con las persianas bajas y casas con las ventanas arrancadas, hombres encorvados caminando con la gorra calada, mujeres con un maquillaje ostentoso pero vestidas de manera barata, grafitis en los muros, montones de basura en cada esquina: todo era un paisaje que yo reconocía de esos suburbios.

Según el empleado del centro, hasta principios de los años noventa, el Estado protegía a las mujeres del barrio, pero estaban completamente aisladas. La mayoría de los coreanos reconocía que el trabajo de ellas era necesario, pero no respetaban su dignidad como personas. Las despreciaban y trataban con violencia a los hijos mestizos que ellas parían, como si fueran una vergüenza inevitable. El empleado explicó también que el centro de salud donde trabajó Yeonhui era el lugar de mayor discriminación de la zona. Los médicos y las enfermeras evitaban tocarlos y, cuando ellas acudían para hacerse exámenes de enfermedades venéreas o de embarazo, se desinfectaba todo el instrumental médico. Si alguna de ellas era señalada como sospechosa de haber contraído una enfermedad sexual de algún militar estadounidense, el personal la enviaba a un centro de confinamiento no muy distinto a una cárcel.

Yeonhui, en ese lugar donde la discriminación era parte de la rutina diaria, se convirtió en algo más que una amiga para Boksun. Ella, que era el blanco de todo ese odio, comenzó a ser parte de su familia.

Ayudar en el parto y criar junto a ella en su propia casa a la niña que había dado a luz Boksun debió de requerir mucho valor. Una valentía similar a la de Henri y Lisa, que me aceptaron a mí como parte de su familia a pesar de ser diferente.

—¿Quiere descansar un rato?

Preocupada por mí, Seoyoung lanzó una mirada fugaz a mi vientre mientras lo preguntaba. Wuju iba por la semana diecinueve, y mi panza ya se notaba lo suficiente como para llamar la atención. Caminamos hacia dentro del callejón estrecho y nos sentamos sobre unos escalones de cemento, apoyando nuestros bolsos como asientos. Me mostró fotografías del barrio hace treinta y cuarenta años que había buscado en internet y guardado en su móvil: marquesinas en inglés, mujeres en minifalda agitando botellas de cerveza, dos fornidos soldados estadounidenses agarrados del cuello y una mujer que fumaba con una expresión como si se hubiera olvidado por un momento de su propia existencia… Eran fotos que transmitían incluso sensaciones fuera de cuadro: canciones pop, olor a perfume, la voz melancólica de alguien cantando. El empleado del centro había contado que las mujeres del barrio se ponían nombres en inglés fáciles de pronunciar como Jenny o Cathy o nombres sin nacionalidad definida como Jiny o Nicky. ¿También Boksun habría sido Jenny o Cathy? ¿Soñaba, como tantas Jinys y Nickys, con casarse con un soldado estadounidense y emigrar a Estados Unidos?

—No lo puedo asegurar porque no viví esa época, pero según lo que pude investigar, eso era poco común. Las mujeres del barrio militar no eran material para casarse. Por eso había tantas madres solteras y tantos casos de adopción. En aquel entonces, criar un hijo sola era mucho más difícil que ahora. Y si se trataba de un niño mestizo, las condiciones de crianza eran todavía más duras.

Mientras escuchaba a Seoyoung, miraba las fotos con más atención cuando una ráfaga me despeinó. Caí en la cuenta de que el calor en Seúl estaba menguando. Los rayos de sol que caían como plomo contra mi cabeza ya no pegaban tan fuerte y el verdor de los árboles ya no era tan intenso. Si Wuju seguía creciendo como debía, cumpliendo con sus deberes de feto durante lo que quedaba del verano, el otoño y el inicio del invierno, a finales de este año o a comienzos del próximo me encontraría con ella. La honradez del tiempo, que desconoce distorsiones y artimañas, era para mí en ese momento alivio y consuelo.

Entonces ocurrió. De repente se escuchó el llanto de un bebé y con Seoyoung nos miramos sorprendidas. Un bebé lloraba en alguna de las casas, pero no podíamos saber en cuál. ¿Habrá nacido aquí Baek Bokhui? De pronto me saltó esa pregunta. La posibilidad era alta, pero no había certeza. En su certificado, solo se mencionaba la fecha de nacimiento y el domicilio al momento de la adopción; no aparecía el lugar exacto del parto, así que Boksun pudo haberla dado a luz en el centro de salud o en casa de Yeonhui. De lo único que estaba segura era que Yeonhui había asistido el nacimiento de Bokhui. Que la tomó con cuidado de entre las piernas sangrantes de Boksun, la limpió con agua tibia, y luego le cortó el cordón umbilical. ¿Cuándo le pusieron el nombre de Bokhui? ¿Quién

propuso tomar una sílaba de Boksun y otra de Yeonhui para crear ese nombre? Ahora ya…

Ahora ya nadie podría saberlo.

Baek Bokhui nació en 1978. Era la época de la
dictadura militar, una época donde la pobreza era
tan común como las chabolas de chapa. ¿No habría
susurrado Yeonhui, al recibir a Bokhui, «Cómo es
posible que nazcan bebés en esta clase de mundo»?
Seguramente, cuando Yeonhui le dio a la bebé con el
cordón aún húmedo, la habría observado con una
emoción inexplicable. Y Yeonhui se quedaría a su
lado. Así nació una familia compuesta por dos madres y una hija. Estoy convencida de que esa comunidad debió de ser de una pureza hermosa. Bokhui,
como dice su nombre, fue *lucky* y más que *lucky*, al
menos, hasta que se percatara de la discriminación y
la tristeza… No, más bien Yeonhui y Boksun debieron de presentir, desde el mismo instante en que nació, la discriminación y la tristeza que caerían sobre
Bokhui por el simple hecho de que su aspecto físico
difería del de los coreanos comunes. Con inquietud,
pero con plena claridad, ya conocían el futuro que le
aguardaba.

—La anciana del restaurante no era una madre de
acogida, sino otra madre más. Si la quería como a una
hija propia, ¿por qué la envió en adopción? La razón
que figura en el certificado de nacimiento no puede
ser toda la verdad, ¿no cree? —preguntó Seoyoung
cuando el llanto del bebé se calmó.

—Si la hubiera abandonado por un motivo tan
simple, no la habría esperado.

—Entonces, ¿habrá sido por el bienestar de Bokhui?

—… Quizá esa cámara pueda decirlo con mayor exactitud que yo.

Al responderle así, Seoyoung me miró alternativamente a mí y a su cámara, y enseguida asintió como si me diera la razón.

Boksun dio a luz a Bokhui y murió cuatro años después. Boksun tenía tan solo veintidós años. A los diecisiete llegó al barrio militar, conoció al padre y al año siguiente ya era madre. Conoció demasiado pronto la realidad del mundo y se marchó de prisa, dejando los días que le correspondían y a su hija. Tras el funeral, de vuelta en casa, Yeonhui debió de mirar a Bokhui dormida, que seguro no entendía lo que sucedía, y recordó la promesa de protegerla. Pero esa promesa no fue eterna. Lo que la hizo cambiar de parecer, sin duda, fue el crecimiento de Bokhui. Debió de comprender que era imposible aislarla por completo del odio del mundo y que su protección tenía límites. El sistema de adopción se fue incrustando en su frágil corazón como un tornillo, la adopción se llevó a cabo en un abrir y cerrar de ojos y ya no hubo marcha atrás.

No había nadie que pudiera dar testimonio de cómo vivió Yeonhui, tras dejar Itaewon y enviar a Baek Bokhui en adopción, en Cheonan o en alguna isla cerca de Gunsan. Pero yo podía imaginarla cuando regresaba a su casa vacía y encendía las luces, luego de trabajar en alguna clínica o centro de rehabilitación. Un rostro más cansado que el día anterior, hundido por la soledad y envejeciendo poco a poco; la cara de alguien que suma nuevas heridas a las paredes de su alma… Así pasaron veinte años.

Y un día, Yeonhui decidió abandonar esa vida y regresar al barrio donde vivió con Bokhui para abrir un restaurante, algo que no tenía nada que ver con la enfermería, quizás con el anhelo de volver a ver a Bokhui, aunque fuera una vez antes de morir... El restaurante Bokhui, que fue a la vez lugar de trabajo y residencia de Yeonhui, prueba de su existencia, habría sido también una especie de carta, cargada con ese anhelo suyo. Porque Baek Bokhui no solo era la hija de Baek Boksun, sino también la hija de Yeonhui, y al mismo tiempo la única verdad que demostraba que su vida pasada no había sido una mentira.

Porque Bokhui fue el universo de Yeonhui...

# CAPÍTULO DIECISÉIS

E sa noche al regresar del barrio militar con Seoyoung, me enfermé. La fiebre me hizo sentir un cansancio intenso, como si mi cuerpo se derritiese, y se me hacía muy difícil abrir los ojos. Eran las consecuencias de la intensidad de los últimos días. Lo que más me preocupaba era el dolor en el vientre. La panza parecía más hinchada que lo habitual y también estaba más dura. Me acosté temprano para reposar, pero la cama de Seoyoung me irritaba la zona lumbar y las piernas.

No podía dormir.

A medida que pasaba el tiempo, más se desvanecía la confianza optimista de que pasaría sin más y de que yo lo aguantaría, como siempre. Lo que realmente me aterraba no era ese dolor frío, sino la angustia de que el refugio de Wuju pudiera derrumbarse. «No te alejes, no te vayas a ningún lado, no me dejes sola, por favor…», murmuré mientras me abrazaba la panza con los dos brazos. En ese momento sonó el teléfono. Salté de la cama, crucé la habitación como si me arrastrara por el suelo y agarré con fuerza el teléfono del bolso.

Era Soyul. Me dijo que, como el rodaje llevaba una semana suspendido, solo me llamaba para saber cómo estaba. Recordaba con claridad sus palabras: que el director y el equipo tenían la obligación de proteger a los actores y que cuando necesitara ayuda, debía pedirla sin dudar. En lugar de limitarme a saludarla, le confesé con franqueza el estado de mi cuerpo.

Soyul y Seoyoung, cada una por su lado, vinieron en taxi de inmediato hasta Itaewon. Tras ver cómo estaba, buscaron por internet una clínica obstétrica con guardia y llamaron a un taxi. Dentro del coche, Seoyoung no soltó mi mano y gracias a ese calor pude enfrentar el miedo.

En la sala de emergencias me hicieron una ecografía enseguida. El médico aseguró que solo se trataba de un dolor pasajero causado por el exceso de esfuerzo y que bastaría con descansar unos días. Tal como me lo indicó, decidí descansar en la clínica hasta la mañana, con suero de por medio. Soyul se fue porque tenía que trabajar, pero Seoyoung se quedó conmigo. Me sentí culpable pero, aún así, no pude decirle que no se preocupara por mí y que regresara a su casa. No podía. La necesitaba.

Yo la necesitaba.

—¿Le puedo preguntar algo? —me dijo Seoyoung cuando apagaron la luz y el pasillo quedó en silencio.

Ella estaba acostada en la cama de acompañantes, tapada con un acolchado. Le respondí que no hacía falta que fuera tan cuidadosa, que por supuesto podía preguntarme lo que quisiera, y me giré hacia su lado.

—Lo que quiero saber es…

—…

—… por qué está tan segura de que fue junto a las vías, eso me intriga.

—¿Segura?

—Podría no haber sido abandonada en las vías. Tal vez deambulaba cerca de la estación de Cheongnyangni y llegó hasta allí. A los tres o cuatro años quizá ni siquiera sabía que las vías eran peligrosas. Pero si usted cree que fue en las vías...

—...

—Entonces una acaba sintiendo demasiada lástima por esa niña.

—...

El silencio se extendió.

Sin poder decir nada, volví a colocarme boca arriba y me quedé mirando el techo.

Pensándolo bien, las vías eran tan solo el lugar donde me encontraron. No había testigos de mi abandono, y el maquinista que me encontró ya no estaba en este mundo. Además, no recuerdo ni ese día ni los anteriores, por lo que el paisaje fuera de las vías pertenece al territorio de lo indescriptible.

Durante mucho tiempo solo lo imaginé. Imaginé la escena en que camino con mi madre biológica por las vías y en un momento suelto su mano; la silueta borrosa de mi madre huyendo, mi cara empapada de lágrimas, el ruido del freno abrupto del tren, el suspiro de alivio del maquinista que me alzó en brazos, todo visto desde cierta distancia, como si estuviera sentada en una platea mirando el escenario o la pantalla...

Como decía Seoyoung, dar por sentado que fui abandonada en las vías tenía el poder de hacerme sentir compasión de mí misma. Pero la autocompasión es como una cueva profunda y oscura que aparece en la superficie de la vida: una puede tropezar y caer en ella, pero nadie puede quedarse allí para siempre. Hubo un tiempo en que me sumergí en esa autocompasión, inevitablemente aislante, pero nunca amé ese estado de ánimo, ni una sola vez.

Quizás las vías eran un espacio conceptual que yo había construido para poder odiar a mi madre biológica. No era un odio simple, sino un odio esencial, que cerraba el paso a la comprensión y al perdón. Si las vías eran un espacio despiadado, allí también yacía su maldad inocente, y yo no tendría que soportar la carga de comprenderla ni de perdonarla. Tal vez yo había vivido gracias a la fuerza de ese odio y en el fondo tenía miedo de entender su situación desesperada y acabar perdonando su decisión de abandonarme. En este lugar inesperado, en una clínica obstétrica de Seúl, al fin lo comprendí. Aunque había deseado encontrar alguna pista que me permitiera reconstruir al menos una parte de mi madre biológica, había pasado buena parte de mi vida odiándola sin concesiones...

Seoyoung, vencida por el cansancio, se había quedado dormida y comenzó a roncar bajito. Me quedé mirando sus piernas asomadas bajo la manta y acomodé la parte que había quedado enrollada a un costado. El dolor y el cansancio desaparecieron como por arte de magia, y en el techo que contemplaba solo se extendían sin fin las vías de la estación Cheongnyangni. Esa noche, tal vez al percibir lo extraño de la situación, Wuju se movió mucho y yo tampoco pude dormirme con facilidad.

Al día siguiente, cuando por fin abrí los ojos pasadas las diez, Seoyoung no estaba. Había dejado una nota donde durmió: tenía un compromiso y tuvo que marcharse sin despedirse. Cuando pensé en las molestias que le había causado, sentí que yo no era más que una carga. La única forma de aliviar un poco esa culpa era imaginar el día en que pudiera devolverle esta generosidad. Al menos, esa idea me servía de consuelo. Aun no se lo había mencionado, pero desde que llegué a Corea estaba trabajando en una obra nueva y la primera parte ya casi estaba terminada. Trataba sobre una adoptada francesa de origen coreano, que por casualidad se encontraba con una anciana. Esa mujer había dado en adopción secreta a su hija en Francia siendo soltera. Pasaban juntas un día y aunque no fueran madre e hija, se imaginaban y sentían ese vínculo, compartiendo una amistad. Mejor dicho, se conectaban de una manera que iba más allá de la amistad… En la obra, el nombre coreano de la mujer adoptada era Seoyoung. Si algún día estrenase la pieza, invitaría a Seoyoung y Soyul y, si fuera posible, también a Eun. No podría pagarles los pasajes ni los gastos, pero sí ofrecerles alojamiento y comida en mi apartamento. Por las noches les querría mostrar las películas de Henri, ya que ellos se habían mostrado muy interesados. Cuando terminase la obra, tomaríamos cerveza y charlaríamos sobre las cosas que nos habían pasado en Corea.

Para entonces, ¿cuánto habría crecido Wuju? ¿Habrá nacido sana y salva? ¿Ya le habré contado sobre el momento de ese verano en que decidí su nombre? ¿Le habré contado sobre el sentido del viento, el color de las hojas de los árboles y las formas de las nubes de ese día? Lo único que deseaba era salud y paz para Wuju, pero a veces me entristecía que alguien pudiera pensar que incluso eso era demasiado pedir. Sabía que no había nadie a mi alrededor para decirme algo tan cruel, pero esa voz se cernía como una niebla turbia sobre mi futuro y yo, con frecuencia, temía por el tiempo que me quedaba.

El médico que vino a revisarme me dijo que podía seguir descansando en la cama hasta que vinieran a buscarme. Pensé que si le decía que no tenía a nadie, se sentiría perplejo, así que solo asentí. Mientras comía el almuerzo nutritivo que me dieron, ingresaron en camilla a una mamá que acaba de tener a su bebé en mi habitación. Su esposo y sus padres y suegros entraron con ella. La sala doble quedó abarrotada, llena durante un buen rato de palabras de aliento, risas y sonrisas de alivio. Mientras terminaba de comer, imaginé la palma de Henri acariciándome la cabeza. *Nana.* Cuando yo levantara la mirada, él me contemplaría en silencio con sus ojos donde se mezclaba el azul y el gris, repitiendo una y otra vez mi nombre: «Nana, Nana». Con esa voz cálida, como siempre hacía cuando me veía solitaria. Si tan solo estuviera vivo...

La tarde transcurrió lentamente.

Cuando tramité el alta y me fui, casi de noche, en lugar de ir hacia la casa de Seoyoung, tomé el metro y fui hacia la estación Cheongnyangni. Una vez más, y por última vez en mi vida, quería ver las vías con mis propios ojos.

# CAPÍTULO DIECISIETE

Era de noche y el andén de la estación Cheong-nyangni estaba en silencio.

El paisaje bullicioso y caótico que había visto cuando grabamos la escena se sentía lejano, como si lo hubiera soñado. Salvo dos trenes detenidos en los andenes cinco y seis, todas las vías estaban vacías y apenas pasaba gente.

A medida que iba oscureciendo, las luces de los fluorescentes, de las máquinas expendedoras y de los carteles penetraban con mayor velocidad en la atmósfera. Después de ver partir el tren Mugunghwa que iba de Cheongnyangni a Busan, me levanté del banco y caminé hacia el final del andén. Cerré los ojos. Y entonces, cuando dejé de ver pude sentir a Munju saliendo de abajo del andén y caminando en paralelo a mí por la vía.

Con las manos en la espalda y tarareando, Munju avanzaba como si sus pasos fueran notas musicales. En el instante en que sentí que esa mujer que se parecía a mí, no, que esa persona idéntica a mí, estaba aquí, lo único que podía sentir era el sonido de sus pasos en la grava de la vía. Ese ritmo regular me daba la certeza de que, incluso con los ojos cerrados, caminar era absolutamente seguro. Pensé que estaba fuera de la pantalla. Es decir, que este lugar era el exterior de mi vida, el territorio de Munju.

Con Munju sentía que podía caminar hasta cualquier lugar, pero al llegar al final del andén me detuve. Abrí los ojos y miré hacia el otro lado de la vía: la oscuridad era como la boca de un túnel, profunda como una cueva, y la vía no parecía conducir a otras ciudades como Daejeon o Busan, sino a un vacío frío e inmaterial. Munju no se detuvo y, con paso combativo, empezó a internarse en esa oscuridad. Como siempre ocurría en mi imaginación, no intenté detenerla.

Cuando desapareció de mi vista, presentí que ella había escapado de las vías para siempre y que no la volvería a imaginar en este espacio. Las vías, que durante tanto tiempo habían sido mi identidad y el lugar donde se ocultaba mi dolor, ya no podrían representarme más. Al volverse inciertas, también perdía sentido el juicio simplista sobre mi madre biológica, a quien había tildado de malvada con ingenuidad. Una mujer en la oscuridad, una vida encerrada en una bolsa negra, alguien de quien no se conocería la tumba ni en el presente ni en el futuro: ahora me encontraba en la imposibilidad de decir que sabía algo sobre ella.

En ese momento, una gota de lluvia me cayó sobre la nariz. Como una señal de que volvía a ingresar al espacio tridimensional, al sentir unas gotas frías en la piel empecé a oír distintos ruidos y a percibir el olor de la lluvia. Las gotas aumentaron. Era el reloj de la naturaleza que contenía el proceso del agua que se transformaba en nube y regresaba como agua. Miré hacia atrás. El mundo plano y rectangular ya no estaba allí.

De vuelta en la casa de Seoyoung, luego de ducharme con agua caliente, me puse crema en las manos y los pies. Entonces recordé a Yeonhui; mejor dicho, recordé sus manos pequeñas y arrugadas. ¿La cuidadora habrá notado las uñas largas? ¿Se las habrá cortado? Sentí curiosidad. No, no lo habría hecho. Estaba casi segura. Una cuidadora que debía ocuparse de limpiar excrementos y flemas de varios pacientes, de masajearlos para prevenir úlceras, no tendría tiempo para notar las uñas de cada uno.

Hace tres días, cuando la fui a ver, me dijeron que no tenía sentido dejar a un paciente que no puede operarse, ni tratarse, abandonado en una habitación. Ellos recomendaban trasladarla a un centro de rehabilitación o a un centro de cuidados alternativos, pero como la paciente no tenía consciencia y su tutora legal solo hacía los pagos y no se presentaba, no podían tomar otras medidas. Era lo mismo que me había dicho la joven enfermera. En ese momento, no pude dejar de pensar que todos estaban esperando que un ser humano llamado Chu Yeonhui desaparezca del mundo, en silencio y sin causar problemas. Me helaba la sangre.

Guardé el alicate para las uñas en mi bolso y calculé los días que Yeonhui llevaba inconsciente. La habían encontrado desmayada hacía dos semanas y el mismo día vi su cuaderno, por lo que el aniversario del fallecimiento de Baek Boksun ya debía haber pasado. Pensaba en alto mientras agarraba cosas de la nevera para prepararme la cena, cuando de repente unos números escritos en el borde del cuaderno flotaron en mi mente como bolsas vacías. Me levanté de un salto y corrí hacia fuera. Sentía que esos números eran el teléfono de alguien que conocía la tumba de Boksun.

Bajé los veintisiete escalones empapados, pero el local de Yeonhui tenía candado. Probablemente la propietaria se había enterado de lo sucedido y cerró el lugar. Fui hacia la parte trasera del restaurante. En un pequeño espacio donde se tiraba la basura, vi la ventana de la habitación. No fue difícil apilar algunas cajas de reciclaje para subirme y entrar. Del otro lado de la ventana, había un estante sobre el que pude apoyar los pies con seguridad. Una vez adentro, encendí la lámpara, y la luz anaranjada tenue se encendió como la primera vez que estuve en el lugar. Pude vislumbrar los pequeños muebles, las prendas desprolijas y el ventilador con el aspa rota.

El cuaderno de Yeonhui seguía abierto sobre la cama. Marqué de inmediato el número que estaba escrito al costado de donde decía «masas de arroz, harina de soja, peras y manzana». Luego de que sonara unas diez veces, alguien atendió. Una voz ronca que parecía recién levantada dijo: «Hola». Era la voz de una mujer de mediana edad.

—Baek Boksun —dije con cuidado—. ¿Está allí la tumba de la señora Baek Boksun?

—¿Cómo? —respondió la mujer con tono de fastidio sin colgar.

Tras escucharse unos ruidos, la mujer dijo algo, pero la frase tenía demasiadas palabras que no podía entender: «Tabla conmemorativa», «la ceniza», «el servicio y la ofrenda al difunto» y «cántico al difunto»... Tomé nota en una hoja del cuaderno. Quise preguntarle qué significaba todo eso, pero no podía seguir con la llamada. Afuera, el alboroto era tan fuerte que no podía concentrarme en su voz. Primero, un estallido violento de vidrios rotos y luego los gritos agudos de alguien.

Era la anciana.

La anciana había destrozado la puerta del restaurante con algo y, sentada en cuclillas sobre los vidrios rotos, lanzaba insultos contra vaya a saber quién. La camiseta mojada se había estirado y se podía ver el sostén sucio debajo; llevaba el pantalón floreado arremangado por encima de las rodillas. En las pantorrillas y los antebrazos tenía heridas que chorreaban sangre. Los transeúntes la miraban de reojo, pero la vieja parecía haber perdido toda noción de la mirada ajena. Al acercarme, el olor a alcohol me golpeó de lleno. Era un hedor nauseabundo que nunca había olido, una mezcla de toda la basura de la ciudad y sudor impregnado.

—Dije que es mío. Que todo lo que está dentro del restaurante es mío. ¿Quién se atrevió a ponerle un candado? ¿De quién fue la idea? ¿Qué te parece, Tercer Piso?

La anciana había notado mi presencia y me miró de reojo. Como si quisiera que le diese la razón, sus pupilas temblaban con una súplica mansa a través de los mechones grises que se le habían pegado al rostro. Comenzó a llover de nuevo. Las ventanas de los edificios de los alrededores se cerraban a toda prisa y en el callejón solo resonaba la lluvia. Era un ruido semejante al de la leña ardiendo.

Pensé primero en resguardarla de la lluvia y la tomé de los brazos para ayudarla a levantarse.

—Todo es tu culpa —murmuró la anciana en ese instante.

—¿Qué cosa?

—Te pusiste a revolver. Había olvidado todo, casi lo había olvidado. Ahora, por tu culpa, ¡recordé todo! ¡Todo!

¿La frialdad de la lluvia le había despejado la borrachera? La anciana gritaba cada vez más fuerte y se le marcaban las venas del cuello. Cuando por fin pudo ponerse de pie, caminó con pasos pesados al restaurante mientras seguía murmurando.

—Fueron muchos, demasiados…

—…

—Dejé de contar después del séptimo. Pero…

—…

—Pero yo lo sé. Lo sé con una exactitud que da miedo. Todo….

—…

—Fueron once. Me deshice de once.

—…

Tomó de la nevera una botella de *soju* y se puso a beber. Se secó la boca con la manga de la camiseta y mientras tanto seguía murmurando. Yo me quedé de espaldas a la puerta de vidrio rota, como si quisiera que las palabras de la anciana no se escaparan, y la observé. Nuestras miradas se entrelazaron sin fuerza en el vacío y se soltaron.

Lo sabía: la anciana iba a hablar de su propia vida, no de la de Yeonhui ni de la de Baek Bokhui. Siempre había querido contar su historia. Porque no podía ocultar la envidia, incluso celos, por cuánto me interesaba la vida de Yeonhui. La anciana era tan vieja como ella. Y deseaba que alguien la recuerde, por lo bueno o por lo malo, pero que la recuerden, que recuerden su paso por el mundo. Ahora el restaurante se transformaría en un escenario y la luz de la calle sería el foco que iluminaría a la actriz. Yo era la espectadora que llenaba la platea vacía.

La anciana comenzó a hablar.

Cuando era una mujer joven que trabajaba en los bares del viejo barrio militar, quedaba embarazada con regularidad, y apenas lo descubría se acercaba al centro para someterse a una operación. Para las mujeres del barrio, esa operación era tan rutinaria como los controles de enfermedades venéreas. La vida de la anciana empezó a torcerse luego de la última operación, la undécima. En esa operación, como en las diez anteriores, el undécimo hijo fue removido, pero su útero quedó dañado de forma irreversible. Le dijeron que nunca más iba a poder tener un bebé. A la anciana no le importó. Desde un principio no había tenido la intención de dejar una vida en este mundo de mierda.

El problema apareció después. Luego de la undécima operación, cada vez que intimaba con un hombre ya no había placer, sino un dolor intenso, como si le desgarrasen la carne. No podía seguir trabajando. Era imposible. Ya nadie buscaba a la anciana, había perdido todo su valor como mercancía y ella se encerró en un cuartucho. El dueño del bar, los empleados, los clientes frecuentes y hasta los soldados estadounidenses con los que se había visto como si fuesen amantes le dieron la espalda. Lo único que le quedaba eran deudas con el dueño (increíblemente, esa deuda incluía el costo de las once operaciones) y algunas pastillas de Optalidón, un psicofármaco barato. La anciana presintió que pronto la venderían a un lugar aún más aislado y sucio.

—¿Entonces? —le pregunté con frialdad.

Como si no hubiese percibido la ausencia de calidez en mi tono, la anciana no mostró ningún cambio en su expresión. Se bebió otro vaso de *soju* y se desplomó contra una silla. Justo entonces un coche pasó frente al restaurante y el perfil de la anciana se iluminó un instante. Bajo el haz de los faros la anciana pareció por un segundo una mujer joven.

—Me escapé. Logré salir en la madrugada y fui a comprar un pasaje a la Estación Seúl. Recién ahí me di cuenta de que no tenía a dónde ir. Había abandonado a mis padres, a mis hermanos, y vivido más de diez años en Itaewon, ¿a dónde iba a ir? Con el dinero que tenía, me emborraché con ganas, y una vez ebria, fui como una autómata hasta a Itaewon. Sabiendo que si me agarraba el dueño del bar me mataría, fui de todos modos. Supongo que quería morir; me pareció lo mejor. En alguna esquina de Itaewon, me descalcé y me acosté a dormir con los zapatos de almohada. Ella me vio cuando salía del trabajo. Dijo que me había visto varias veces en el centro de salud y se me acercó.

—...

—Mis supuestos amigos hasta el día anterior me descartaron como basura, pero ella, sin conocerme, me llevó a su casa y me trajo medicinas. Para que nadie se entere, me dijo que me ocultase en la casa, que su casa era segura. No sé qué me dio, pero eso me hizo olvidar del Optalidón y por un tiempo me sentí bien.

—...

—Y es así como dices, yo conocí a Baek Boksun. Cuando fui a esa casa, ella ya estaba allí. Todavía tenía rasgos de niña, una muchacha de tan solo dieciocho años con la panza tan grande... Su cara me sonaba familiar, quizás la había visto por ahí, pero esa fue la primera vez que hablé con ella. Me contó que desde los quince años trabajó en una fábrica, pero que esa fábrica de mierda le debía tantos sueldos, que se fue a buscar trabajo a una agencia y terminó en Itaewon.

Por lo que contaba la anciana, Boksun estaba en los últimos meses de embarazo. A Boksun la habían descartado, como a la anciana, y las dos estaban bajo la protección de Yeonhui.

Durante esa estación del año, la anciana vivió como una integrante más de la familia que había ensamblado Yeonhui. Cuando Yeonhui se iba a trabajar, hacía los quehaceres del hogar; también cuidaba y bañaba a Bokhui, ya que Boksun estaba débil luego del parto. Sonrió. Gracias a Bokhui, la anciana pudo volver a sonreír. La anciana había sido la tercera madre de Bokhui, y una integrante más de la familia que Bokhui no recordaba. Sin embargo, la razón por la que huyó, tan solo tres meses después, fue, irónicamente, la misma que la hizo sonreír: Bokhui. La niña le hacía recordar a los once bebés que habían muerto sin conocer la luz del mundo, y no lo pudo soportar. Si su carne y sus huesos no hubieran sido despedazados y arrojados a la basura; si su sangre no hubiera sido drenada por el desagüe, si esos niños hubieran vivido, si no hubieran sido asesinados, habrían sobrevivido, llorado y refunfuñando como Bokhui. Entonces, el dolor comenzó. Un dolor como de vísceras pudriéndose por dentro.

La anciana se fue de la casa sin dar explicaciones y se marchó de Itaewon. Se fue como si nunca hubiera pertenecido allí, sin tapujos. No volvió hasta después de la muerte de Boksun y la adopción de Bokhui. La anciana y Yeonhui ya tenían más de cuarenta y, por suerte, el dueño del bar que la buscaba estaba preso. En ese entonces, Yeonhui solo iba de la casa al centro de salud, como una persona sin alma, a la que solo le había quedado el envoltorio. Su mirada y su rostro no tenían destellos de vida. Una mujer sola de mediana edad, eso era todo. No pasó mucho hasta que, esta vez, fue Yeonhui quien abandonó Itaewon. Era algo que la anciana había presentido. Hasta el momento en que, veinte años después, Yeonhui regresó a Itaewon, la anciana pensaba que nunca más la volvería a ver.

—¿Así que buscas la tumba de Boksun? No existe. Arrasaron la colina entera y construyeron casas e iglesias sobre ella. ¿Quién iba a cuidar de una tumba sin lápida ni nada? En ese entonces, ni ella estaba por aquí. En este mundo ya no queda ni el polvo de sus huesos, ¿entiendes?

—...

—Pero, ¿sabes qué? La envidio a Boksun. La envidio como loca. Porque Boksun supo protegerla. Logró protegerla. Bokhui vivió. Y ahora está grande y busca la tumba de su madre. Yo estoy sola. Cuando me muera nadie va a cuidar de mí. Me van a enterrar en alguna fosa común. Vida de mierda, así terminaré...

—...

—Dile. Que ella le extrañó, que le extrañó hasta desgastarse, que si tuviera que morirse mañana por verla hoy, moriría satisfecha. Dile todo eso a Bokhui...

—...

Yo solo escuchaba. Inexpresiva, esforzándome por no sentir nada, como si fuera un ser sin temperatura ni color...

—Y...

—...

—En Paju... Dile que vaya a Paju.

—...

—Allí, en un templo, creo que se llama Bokwang-sa, allí, ella le dejó una tablilla para Baek Boksun. Es más bien una tablilla conmemorativa, ya sabes, un trozo de madera donde se escriben el nombre y la fecha de muerte de la persona fallecida. Se cree que en esa madera habita el alma del difunto, y se le hacen ofrendas y oraciones.

Lo comprendí. Comprendí la situación. La persona con la que hablé por teléfono en la habitación de Yeonhui debía ser la persona que reside en el templo. Yeonhui había preparado para Boksun un trozo de madera en donde pudiera descansar su alma ya que no había recibido amparo ni después de muerta.

Seguro ella iba seguido a visitar esa tablilla para pedir por la paz y libertad de Boksun.

Fui a la cocina, abrí el segundo cajón de la mesada y tomé un repasador nuevo que aún estaba en el envoltorio. Luego de humedecerlo, me acerqué a la anciana y le limpié con cuidado la sangre de sus brazos y pantorrillas. Mientras la limpiaba, reconocí en mí la intensa hostilidad que sentía hacia ella. Ella le había fallado a muchas vidas, pero eso no era todo: yo también tuve esos pensamientos desesperados de que quizás era mejor desaparecer sin dejar rastro de este mundo que atravesar el proceso de ser ignorados y abandonados. Comprendía a la anciana. Por un lado le tenía bronca, pero también le tenía bronca porque la entendía. Un odio pequeño y un odio grande, dos capas de odio…

—Oye, ¿me creerás si te digo algo? —preguntó la anciana mucho más tranquila sin imaginar lo que sucedía en mi interior.

»Yo vine a Itaewon porque quise, para ganar dinero cantando y enamorarme. Yo era totalmente distinta a Baek Boksun. Aunque no lo creas, yo era una privilegiada, ¿sabes? Solo me acostaba con los hombres que elegía. No te imaginas, no te das una idea de lo tremendo que era eso en el Itaewon de esa época. ¡Esos desgraciados que me trataban como un animal, que se burlaban de mí por ser prostituta! ¡Todos! ¡A mis pies!

—…

—Todos estaban a mis pies. Todos. ¿Piensas que en esos tiempos había otra mujer más libre que yo? ¡Yo! ¡Yo tenía al mundo bajo mis pies! ¡Y me burlaba de ellos! ¡Pero la vida…!

—…

—Pero…

—…

—Pero ahora resulta que este cuerpo es todo lo que me queda. Este cuerpo que huele a basura, que ya nadie acaricia. Es increíble, yo… A mí me parece increíble y divertido haber envejecido de golpe, poder sentirme todavía más sola. Que me queden días por vivir, que mañana también tenga que abrir los ojos y levantarme…

—…

La anciana abrió su boca negra y se rio. Se rio y al mismo tiempo sollozó.

Yo solo seguí limpiándola. Seguía sin saber su nombre y era un nombre que no sabría nunca. Pero sabía que, cuando mucho tiempo después la recordara, sería su juventud que nunca había visto.

La anciana, no, la mujer sale tambaleándose de un bar donde suena música pop, hay alboroto y risas. Sale y se apoya sobre una pared. Todavía no la domina el alcohol, su piel no es oscura, sus dientes están sanos y solo huele a cosméticos. Se ve como un gato relajado y perezoso que sabe cómo recibir amor. El neón parpadeante del cartel del bar se refleja en su rostro. Ella mira en silencio una flor amarilla que había brotado en una grieta del muro y se inclina para quebrar el tallo. Dentro del bar, los hombres que quieren acostarse con ella la llaman al unísono. La mujer arroja la flor al piso, se da la vuelta con una sonrisa llena de tristeza. La mujer no ama a ninguno. Cree que nadie puede poseerla ni dominarla.

En un futuro lejano, un día en que esté más triste que lo usual, mi soledad tomará prestado uno de esos antiguos días de la anciana y así se completará. Una soledad que no sé si es mía o suya, que va hacia ella y regresa hacia mí, como un ovillo de lana. La vida pasa a toda velocidad y no se puede distinguir entre el sueño y la vigilia. Al fondo, lo que sedimenta es algo solitario y doloroso...

Discúlpame, mi bebé, pero a veces la vida es así.

# CAPÍTULO DIECIOCHO

Una semana después, Baek Bokhui llegó a Corea.

Al aeropuerto también fueron Seoyoung, Soyul y Eun. Querían grabar el encuentro entre ambas. Yo le había enviado un correo explicándole la película y ella me había enviado la respuesta con su consentimiento.

Entre las personas que llegaban pude distinguirla de inmediato. Bokhui me había mandado una foto en uno de sus correos y, aunque no lo hubiese hecho, en la Bokhui de ahora se podía vislumbrar a la pequeña que había visto en la foto de Yeonhui. Probablemente heredó los ojos y los labios de Boksun. A simple vista, por su tez oscura y su cabello ondulado, parecía de etnia africana, pero si la observabas bien tenía rasgos orientales. La persona que se parecía a «*number one*» y a mí… Cuando Yeonhui me dijo eso mostrándome la foto de Bokhui, pensé que era a nivel emocional, pero ahora podía entender su verdadero significado. El color de la piel y la contextura física eran diferentes, pero si superpusiéramos nuestros rostros, algunas de las siluetas coincidirían de forma natural. Mientras pensaba en esos detalles, me acordé del corte de luz de aquella noche, de cómo me atrajo la luz de las velas, de la sombra de Yeonhui proyectada en la pared y del sabor delicado de la sopa blanca de tofu que había calmado mi estómago.

Cuando la saludé con la mano, caminó hacia mí y nos abrazamos con una sonrisa. La cámara de Seo-young se encendió, mientras Soyul y Eun levantaban el micrófono y el reflector. La conversación fluía, en parte porque ella hablaba francés, pero también porque sus palabras estaban cargadas de emoción. Comentó sorprendida que no podía creer que en Corea hiciera más calor que en Bruselas. La recordaba fría como el Ártico. También dijo que intentó viajar con su novio, pero que no pudo por cuestiones laborales. Toda su cara transmitió un sentimiento de pena al decir eso. Bokhui ya sabía de la tablilla de madera de Boksun por mí y me dijo que luego de instalarse en el hotel planeaba ir al día siguiente por su cuenta al templo de Paju. Por supuesto, ella tenía que ir a otro lugar antes del hotel. Yo la iba a acompañar hasta allí.

En el tren del aeropuerto, nos sentamos una al lado de la otra. Ella me llamaba Munju y no Nana. Me pregunté si ella sabría el significado de su nombre.

—Conozco el significado, pero no sé cuál es el sentido de los ideogramas que lo componen —respondió Bokhui.

Eun, que estaba de pie frente a nosotras, escribió algo en su anotador y se lo mostró a Bokhui: 白福禧. Al escuchar que ese era su nombre escrito en ideogramas, se alegró y aplaudió como una niña, pero enseguida su rostro se puso serio al mirar la hoja. Como si hubiera recordado algo, frunció el ceño y se frotaba las palmas contra la cara. Era imposible que no supiera que su nombre era la unión de *Bok* de Boksun y *Hui* de Yeonhui. Sin duda, ahora ella estaba frente a esa escena que yo también había imaginado: una joven Yeonhui y Boksun observan a una bebé recién nacida de tez oscura y se preguntan cómo deberían llamarla. Una habría propuesto tomar una sílaba de cada nombre y llamarla Bokhui. La otra habría aceptado de inmediato. Baek Bokhui, un nombre que reunía el deseo de ambas de proteger una vida…

Yo le conté que Yeonhui había abandonado Itaewon luego de darla en adopción y que luego de veinte años regresó para abrir un restaurante llamado Bokhui. Me sonrió y me preguntó la ubicación del restaurante. Con Google Maps buscó dónde estaba. No le podía contar la historia que me reveló la anciana. Si le decía cómo se habían conocido y cómo se había sumado luego la anciana, debería también contarle la ocupación de Boksun. No podía hacerlo. De todas formas, era algo que ella ya debía saber. Su apartamento en Itaewon y el color de su piel eran pistas demasiado evidentes: cualquiera podía deducir a qué se había dedicado Boksun. El dolor de Bokhui debió de comenzar al enterarse de cómo llamaban a su madre, del trato que recibía y de qué modo había vivido. Un dolor del que nadie debería atreverse a decir que lo comprende…

Para darle a Bokhui y a Yeonhui un tiempo a solas, los demás decidimos esperar fuera de la habitación.

Yo no pude decirle que los médicos estimaban que Yeonhui no sobreviviría a este verano pero, sabiendo su edad y el diagnóstico, debía de presentir que este sería su último encuentro con ella.

Una hora más tarde, Bokhui salió de la habitación.

Aunque durante ese tiempo seguramente había soportado una mezcla de emociones difíciles de describir y se la veía cansada, pronto recuperó su entereza característica. Me dio unas palmadas en el hombro y dijo que estaba bien.

—Estoy bien, Munju. La que está enferma es Yeonhui, no yo.

Esa voz nacía del corazón, no de la garganta, y temblaba un poco.

Como el hotel que había reservado Bokhui no quedaba lejos del hospital, decidimos cenar todos juntos. Cuando le preguntamos si había algún plato que echaba de menos viviendo en Bélgica, se quedó pensando un rato y dijo *jajangmyeon* en coreano. Al oírla, Seoyoung, Soyul y Eun sonrieron al mismo tiempo con una expresión idéntica. Las dos les preguntamos por qué sonrieron así y Soyul respondió en inglés que para los coreanos esa comida evoca al menos un recuerdo especial y por eso estaban sorprendidos de que justo hubiera elegido ese.

Ahora que lo pensaba, tanto en la casa del maquinista como en el orfanato íbamos al restaurante chino en los días especiales para comer ese plato.

—Es una pena que no se conserve la tumba de la señora Baek Boksun —le dije con cautela mientras caminábamos desde el hospital hasta el restaurante chino. Era algo que me pesaba en el ánimo.

—Los huesos que quedan en la tumba no son más que materia inorgánica. Saber que el espíritu de mi mamá no está encerrado en un ataúd oscuro, sino en una tablilla expuesta a la luz y al viento me alivia —respondió con una leve sonrisa.

Yo sonreí casi por reflejo, pero no podía dejar de pensar en lo que sería después de la muerte de Yeonhui, cuando ni siquiera quedaría una tablilla. Resultaba difícil imaginar que alguien colocara una en un templo y la visitara en cada aniversario. La anciana no tenía los recursos económicos y ninguna de las dos, que estábamos en Corea solo por un tiempo, estábamos en condiciones ni teníamos razón alguna para ocuparnos de eso. Ya me sentía escéptica acerca de cuántas veces pensaría en Yeonhui una vez de vuelta en Francia. Aunque sabía que todos nos volvemos seres desnudos y solitarios como recién nacidos al despedirnos de este mundo, de repente mis pasos vacilaron.

Luego de la cena, la acompañé al hotel cerca de la estación City Hall. Mientras caminábamos, pude sentir las miradas indiscretas de las personas que se fijaban en Bokhui. Eran miradas cargadas de una curiosidad racista hacia el origen de su nacimiento, una violencia inadvertida aunque palpable, pese a que ella nunca las había consentido ni aceptado. Ella, incapaz de soportarlas del todo, se arrimaba con frecuencia a la pared, con el rostro fatigado.

Cuando llegamos, luego de hacer el *check-in*, arrastró su maleta hasta el ascensor y miró varias veces atrás suyo con expresión de cansancio. Esa mujer que nació como Baek Bokhui, pero vivió como Stephanie, la mujer que se parece a *number one* y a mí. Nuestro parecido no era solo por la forma de los ojos o los labios. En alguna escena de la vida debimos habernos quedado paradas del mismo modo, con la misma expresión y el mismo pensamiento, frente a un muro invisible. No era algo similar en la cara lo que nos unía con una semejanza desesperada, sino las esquinas plegadas de una existencia.

# CAPÍTULO DIECINUEVE

Dos días después de la llegada de Bokhui, Mungyeong se contactó conmigo para volverme a ver.

Habíamos quedado en la cafetería de Hapjeong. Yo estaba muy inquieta y no podía parar de moverme alrededor de la mesa. Era por ella. Mungyeong dijo que la iba a traer. Del otro lado de la barra, Seoyoung, Soyul y Eun debatían sobre la ubicación de la cámara. Cuando terminaron y comenzaron a preparar la grabación, se escuchó el sonido de la puerta a mis espaldas.

A pesar de mis ganas de verla lo antes posible, cada gesto al girarme se volvió increíblemente lento. Mungyeong la acompañaba del brazo y poco a poco se acercaban hacia mí. Siempre que me miraba chasqueaba la lengua, pero todas las noches me bañaba y me acariciaba la panza para hacerme dormir. A pesar de que no le gustaba mi presencia en la mesa, los días de lluvia en los que el olor a madera mojada inundaba la casa, me cocinaba ese plato con sorgo. Ella…

—Nena…

Ella se acercó y me llamó de esa manera. En ese instante, como si se encendiera algo entre el límite de los recuerdos y el olvido, comenzó a sonar en diferentes escenas del pasado esa voz diciendo «nena». Ella me decía así en vez de Munju los días en los que estaba de muy buen humor, o los días que bebía mucho y se la veía triste. En general, cuando me llamaba así su voz era afectuosa. Ahora la voz de esa época se restauraba así: «Nena, para crecer tienes que comer las verduras. Nena, ¿tú también tuviste un mal sueño? Nena, tienes que tener una buena vida, una buena vida, nena».

—Ay, dios mío, ay. Nena, ¿es usted?

Preguntaba una y otra vez mientras me acariciaba la mejilla con una de sus manos. Era una mano huesuda. No solo las manos, todo el cuerpo era muy pequeño y flaco. Yo estaba confundida. En mis recuerdos, ella era robusta y la silueta del vientre y la cintura era redonda. Aunque caminara cargando cosas sobre su cabeza, siempre estaba erguida y daba pasos rápidos. Mientras yo me convertí en la hija de Henri y Lisa, crecía como actriz y dramaturga, ella se había transformado en una anciana decrépita cuyo torso se iba para dentro. Debió ser por la pérdida de su hijo: el tiempo fluyó de una manera dañina y la hizo envejecer más rápido.

—¿Cómo ha estado? —Hizo una pausa, y siguió—: Mi Wusik ya no está. No lo puede ver. Wusik ya no está.

Cuando le pregunté cómo había estado, poniendo mi mano sobre la suya, me respondió con algo que no tenía relación, mirándome con los ojos húmedos. Recordé que Mungyeong dijo que no oía bien. «No está, no está», repetía con la mano sobre mi mejilla.

Solo cuando logró calmarse pudimos sentarnos las tres. En ese intervalo, Mungyeong me transmitió con pesar que su abuela no sabía el significado de los ideogramas de Munju. La cámara de Seoyoung se encendió y Soyul y Eun tomaron los instrumentos de filmación para ponerlos en su lugar, acomodando la posición y el ángulo.

—Como Wusik la llamaba Munju, nunca le di más vueltas —comentó ella al entender las palabras de Mungyeong.

No me importaba. Les confesé que ya no me importaba el sentido de mi nombre. Qué más daba que fuese «polvo», «pilar de puerta» o que el maquinista hubiese hojeado al azar una guía telefónica. Eso ya no importaba. Tal vez lo que en realidad quería saber era qué sintió el maquinista al llamar Munju a la niña de las vías o qué sensaciones tenía cuando, años más tarde, escuchaba un nombre similar. Pero ahora eso era una historia fuera de escena que nadie podría saber.

—En ese entonces no se me ocurrió preguntarle el significado. No pensé que tendría tanta importancia para usted. Nena, discúlpeme...

Le respondí que no se preocupara y le sonreí lo mejor que pude. Pero ella con la mirada baja se repitió varias veces que era su culpa. Nunca la había visto así.

—¡Ah! Según mi abuela, papá la vio por primera vez en la sala de espera de la estación Cheongnyang- ni —dijo Mungyeong para cambiar de tema.

Su tono era amable, no sabía el peso que podían tener esas palabras en mi vida, pero una parte de mi corazón ya se había derrumbado. Tomé con fuerza sus manos y le pedí que me contara más sobre eso. Ella notó mi ansiedad y le habló más fuerte en el oído a la anciana.

—A papá le llamó la atención su vestido rojo ¿verdad, abuela?

La anciana asintió.

Así que el lugar donde el maquinista me vio por primera vez no fue sobre las vías, sino en la sala de espera. Una niña con un vestido rojo dando vueltas sin un adulto en un lugar público no podía pasar inadvertido. Él llegó como de costumbre a su trabajo y me habría observado todo el trayecto mientras atravesaba la sala de espera. Seguro siguió pensando en el vestido rojo cuando se subió a la cabina. Mungyeong nos explicó que en época la cabina era muy ruidosa y estaba llena de humo, lo que hacía difícil tomar decisiones racionales en el momento. En esa cabina caótica, el maquinista debió haber frenado de emergencia al verla en cuclillas con el vestido rojo que ya había visto antes. Un ser pequeño e indefenso, envuelto en un color intenso, como si quisiera que la vieran…

La duda que había planteado Seoyoung, que tal vez no me habían abandonado en las vías, ya no era una posibilidad, sino un hecho. La herida que había construido gracias a las vías se convirtió en una estructura vacía y yo tenía que volver a definir a mi madre biológica. Alguien que, al ser interpelada desde el pasado, quedaba un poco exonerada; ahora era una persona que, al menos, no tuvo la intención de herirme o de matarme…

—Quiero saber su nombre —le dije mirándola.

Mungyeong le volvió a transmitir mi pregunta y ella me sostuvo la mirada con una mirada de otro color a la anterior.

—Suja, soy Park Suja —respondió con lentitud.

—...

—Es el nombre que me puso mi padre. Dios mío, hacía mucho tiempo que yo era Park Suja.

Ella, es decir, Park Suja, respondió con una sonrisa amplia por primera vez desde que entró a la cafetería. Mungyeong me explicó que en la época de la anciana, por influencia japonesa, se incluía el ideograma ja (子) en los nombres femeninos. Suja tomó mi mano derecha y se la llevó cerca para escribir algo en mi palma. Mungyeong me explicó que era el ideograma su (秀), que significa «hermosa». Luego presionó con fuerza más ideogramas en mi palma. Mungyeong me dijo que eran las sílabas wu (友) y sik (植). Como si no quisiera que los caracteres que había escrito se desvanecieran, como si quisiera conservar para siempre en la palma la huella de su tacto y de su calor, apreté con todas mis fuerzas el puño. Era el último encuentro con una persona que nunca más volvería a ver. Recién entonces me pareció entender qué clase de soledad debía haber sentido Bokhui en el hospital con Yeonhui.

Esa misma tarde, fui en auto con Suja y Mungyeong al pueblo natal del maquinista para visitar el columbario de Yeongwol. Seoyoung iría en el auto que le prestó el padre de Eun junto a Soyul y Eun para continuar la grabación.

Luego de un largo viaje de tres horas llegamos al cementerio y Park Suja comenzó a caminar por delante de Mungyeong para guiarnos. Al pasar por una cuesta arbolada, apareció un edificio gris de cuatro pisos. Frente al nicho del maquinista, del tamaño de un cajón de escritorio y situado junto a la ventana del segundo piso, fui recorriendo con la vista el florero que había dentro, la cruz, varias fotos enmarcadas y la urna blanca que contenía las cenizas. Suja, con sus manos huesudas, abrió la puerta de vidrio, tomó uno de los cuadros y lo limpió con la palma varias veces. Luego me lo entregó. En el cuadro se veía la cara envejecida del maquinista que yo nunca llegué a conocer. Cerré los ojos. El sabor dulce de las galletitas, la dureza de sus huesos contra mi pecho cada vez que me cargaba en su espalda y su voz alegre cuando me llamaba... Detrás de esas sensaciones se extendía, como un camino de nieve sin pisadas, la vida de un ser humano que se había casado, tenido hijos y que luego de batallar contra una enfermedad finalmente falleció. El hombre en el cuadro era la suma de las sensaciones que había quedado en mí y de todo lo que nunca había conocido.

Abracé la foto y me quedé un buen rato de pie. Mi alrededor quedó en penumbras unos instantes.

Mungyeong iba a quedarse en la casa de Suja, por eso, decidí regresar en el auto del padre de Eun. Antes de despedirnos, Mungyeong me dijo:

—Creo que a papá le gustaba el carácter *mun* de «forma». De ahí debe venir la primera sílaba de tu nombre. Faltaría saber de dónde viene *ju*. Yo creo que debía estar pensando en el *ju* de «universo».

—¿Universo? —pregunté sin poder evitar sonreír.

Mungyeong no tenía idea de la coincidencia asombrosa , extraordinaria, que tenía el nombre «forma del universo» para mí.

—La «forma del sol» y la «forma del universo». Si hubiéramos crecido como hermanas, la verdad es que son dos nombres perfectos.

Munju y Wuju seguían el patrón de compartir una de las sílabas. Además, Wuju surgió debajo de un árbol iluminado por el sol, así que podría decirse que Wuju y Mungyeong también estaban conectados. Aunque la conjetura de Mungyeong no fuera verdad, quería creerla y, para cuando salimos del columbario, ya la creía.

Era momento de despedirse.

Cuando nos saludamos por última vez, Suja me acarició las mejillas y me dijo que me cuidara y cuidara mucho a la bebé. Para mí eran palabras de aliento que me instaban a seguir sobreviviendo. Quería asentir y agradecerle, pero no pude decir nada.

Antes de subirse al auto con la ayuda de Mungyeong, la anciana se detuvo y me miró. No me observaba a mí, sino una luz dentro de mi cuerpo que solo ella podía reconocer. Era la luz que había encendido su hijo y que él había protegido. Ella tenía el derecho a observarme a mí, que había sobrevivido. Cuando su coche se fue, recordé poco a poco que, del mismo modo que Yeonhui había visto en mí a Baek Bokhui, yo también había visto en Yeonhui a Park Suja y, a veces, a Lisa. Si dentro de mí aquella luz había pasado a Yeonhui, era también gracias a la fuerza de Park Suja y de Lisa.

Esa noche, de regreso por la autopista a Seúl recibí un correo electrónico de Bokhui. Empezaba diciendo que había surgido un problema en la empresa donde trabajaba como contadora, y que por ello había tenido que marcharse a las apuradas sin poder ponerse en contacto conmigo.

*Por esas circunstancias, con mucho pesar tuve que cambiar el vuelo previsto por uno de esta noche.*

*Pero, Munju, puedo asegurarle que los últimos tres días en los que visité el templo de Paju y el hospital donde está Yeonhui fueron para mí más plenos que nunca. No podría imaginar lo que me espera sin estos tres días. Ayer pasé por el restaurante Bokhui. No la pude encontrar en el tercer piso, por eso no me pude despedir. Un restaurante que se llama Bokhui. Cuando vi el cartel no pude parar de reírme.*

*La verdad es que para ir a ese barrio, necesité armarme de coraje. No se puede imaginar cómo trataban a una niña con mi apariencia en la Corea de los años ochenta…*

*Siempre había sido consciente de que era diferente al resto, pero recién cuando empecé la escuela entendí que los niveles de discriminación podían ser tremendos. Mis compañeros nunca me llamaron por mi nombre. Me apodaban todos los días con algo nuevo. La gran mayoría eran apodos horribles. Me daban vergüenza y tenían connotaciones sexuales. Eran niños de menos de diez años, ¿dónde habrían aprendido esas palabras? No hubo un día que no regresara a casa lastimada. Yo me sentaba en un rincón de la habitación, no encendía las luces, no comía, no dormía y esperaba a que Yeonhui regresara del trabajo.*

Ahora que lo pienso, solo sobreviví gracias al odio. No era un odio hacia mis padres que me habían traído a este mundo lleno de discriminación, sino a mí misma por haber nacido. En esa época, Yeonhui no era solo mi tutora, sino también una amiga y una terapeuta. Era la única persona que coexistía conmigo en este planeta. Yeonhui al regresar del centro de salud, me desinfectaba y curaba las nuevas heridas del día y luego me abrazaba. Era una rutina fundamental entre las dos. «Ya pasará», «No hay nada que no pase en esta vida»; recién cuando me decía esas cosas podía volver a respirar. Yo sabía. Yeonhui también se iba agotando en ese proceso. Y aun sabiéndolo, me hice la desentendida. Porque mi dolor era más grande que el de ella; mejor dicho, porque parecía más grande. Yo daba por sentado que ella me consolaría.

El primer día que llegué a Corea y vi a Yeonhui inconsciente en la habitación, recordé con claridad una imagen que había olvidado durante mucho tiempo. Era pleno invierno y Yeonhui me observaba de lejos. Yo volvía caminando de la escuela con el pantalón manchado de pis congelado. No podía usar el baño porque allí las agresiones físicas y verbales eran mucho más explícitas que en el aula. Aquel día me hice pis encima y solo esperé a que terminaran las clases. En el camino de regreso a casa me encontré con Yeonhui. Nunca la había visto tan enojada. Me llevó a casa, me desvistió y me limpió con brusquedad, pero extrañamente no le tuve miedo. De hecho, me sentí triste y sentí pena por ella. Porque Yeonhui no paraba de llorar.

Debe haber sido ese día que decidió darme en adopción. A pesar de que le había escrito que no sabía por qué lo había hecho, la verdad es que no quería entender y por eso me negué a entenderla. En su habitación, cuando recordé esa escena, recién allí, me nació la valentía, o mejor dicho, el deseo de abrazar a Yeonhui. Así como ella había hecho conmigo. Cuando incliné mi cuerpo y la abracé, pude sentir que la persona a la que abrazaba era Yeonhui, y al mismo tiempo, a la Bokhui de esa época.

Quiero agradecerle por la oportunidad que me ha dado. Y me es imposible poner en palabras todo lo que le agradezco. A pesar de que la respeto, para que podamos volver a vernos necesito llegar a ser tan feliz como para que no me duela volver al pasado. Quizá ya lo intuya, pero pronto pediré un permiso en el trabajo y me someteré a una operación. Después de la operación comenzará un largo tratamiento contra el cáncer. Incluso si ese proceso arroja una sombra devastadora sobre mi vida, estoy segura de que mi yo del futuro será feliz. Sobreviviré y seré más feliz que nadie.

Munju, yo espero ese día. Yo la llamaré en un futuro lejano para preguntarle cómo está. Le propondré vernos para salir a comer y beber.

Hasta que llegue ese día, pediré por su salud y la de su bebé.

Con todo mi corazón,
Baek Bokhui

# CAPÍTULO VEINTE

Yeonhui murió.

Cuatro días después de que Bokhui regresara a Bélgica, fui a la habitación por la mañana, vacié la bolsa de orina y, mientras le masajeaba los brazos y las piernas, sentí una vibración en la punta de mis dedos. Era una vibración diferente a la habitual: no solo atravesaba el cuerpo de Yeonhui, sino el tiempo. Una vibración transmitida desde el cuerpo de un ser humano que, tras estar a la deriva en un tiempo cuyo principio y fin no podían conocerse, iba hundiéndose sin remedio como un barco naufragado...

Retrocedí unos pasos como un acto reflejo y, durante un rato, me quedé rígida mirándola en silencio. Su rostro estaba igual, como si estuviese profundamente dormida, pero en torno a ella fluía una energía que nunca había percibido. Se sentía fría. Era una energía fría y serena. ¿Había estado lista para partir, esperando a alguien? Quizás, desde el día en que Bokhui la visitó, había estado preparando este momento.

Me volví a sentar frente a ella y, presintiendo la gran tristeza que me invadiría pronto, tomé sus manos. Que sus manos estuviesen sorprendentemente frías hizo que me doliera el corazón. Así como lo hice hace mucho tiempo con Henri, froté mi mejilla en sus palmas como la cachorra de un gato. Cerré los ojos. Yeonhui abandonó su cuerpo consumido para llegar a la oscuridad inmaterial e iniciaría su viaje eterno como una semilla, humo o, tal vez, como un puñado de materia o energía. Así como hizo antes de llegar a este mundo, remontando millones de años de evolución, antes incluso de existir solo como una célula.

—Cuánto te has esforzado... en vivir...

—...

—En sobrevivir...

—...

—Hasta pronto...

—...

—Hasta pronto...

—...

—Hasta pronto...

Tras susurrarle una y otra vez «hasta pronto», hundí mi rostro en su pecho como si fuera mi última despedida y la mano de Yeonhui se estremeció. Abrí los ojos poco a poco. Pude ver que otros pacientes de las salas del mismo piso, junto con sus familiares y algunos cuidadores, se habían agolpado en la entrada de la habitación. Una enfermera fue a buscar a los médicos. El médico a cargo, con gesto solemne, revisó el pulso y las pupilas de Yeonhui y la auscultó. Cuando dictaminó el fallecimiento, la enfermera anotó la hora del deceso en la ficha y un grupo de médicos jóvenes que parecían pasantes comenzaron a retirar los tubos transparentes y los opacos del cuerpo de Yeonhui. Cuando se retiraron los médicos, dos hombres fornidos ingresaron a la habitación, cubrieron el cuerpo con una sábana blanca, la colocaron en una camilla móvil y la trasladaron a la morgue.

Todo había ocurrido en un instante y yo, sin llegar a asimilar nada, me quedé sentada en la cama de Yeonhui mirando por la ventana, como si estuviera esperando a alguien. Aunque lo pensara mucho, no podía saber si la habitación estaba dentro o fuera de la pantalla. Lo único que podía saber con claridad era que Yeonhui ya no existía en esta habitación.

Yeonhui murió.

Yeonhui murió.

Yeonhui atravesó actos, hechos que yo no me atrevo a decir que conozco. El universo llamado Chu Yeonhui había llegado a su fin.

Más allá de la ventana, podía ver el polvo que levantaba el paso del viento y luego volvía a caer. Los médicos y las enfermeras se movían con rapidez, los pacientes caminaban o conversaban, reunidos en grupos de dos o tres, y los niños corrían entre los adultos… El paisaje estaba vivo. Había voces y risas que probaban que estaba vivo. El ruido de los pasos se mezclaba con el polvo y formaba pequeños remolinos. En las sábanas aún estaba impregnado el olor y el calor de Yeonhui, pero esa presencia acababa de transformarse en ausencia, y parecía que el mundo al otro lado de la ventana jamás sería capaz de aceptar que aquello era imposible de revertir. Lo único que autenticaba a Yeonhui era el parte médico y el certificado correspondiente con el sello del órgano administrativo, las solicitudes de cancelación de documentos vinculados a su identidad, los papeles de registro de herencia, los comprobantes de cobro de seguro por parte de los herederos, y los recibos de los gastos hospitalarios que quedarían liquidados con esa suma y con el depósito del restaurante Bokhui. Solo un manojo de papeles. Y aun eso no era prueba del inicio de una existencia, sino de su final.

El tiempo pasó.

Alrededor del mediodía, la joven enfermera que me había pedido que controlara la respiración de Yeonhui entró a la habitación. Se sentó al lado mío y me dijo con voz lúgubre que se había enterado de la muerte de la anciana. Como yo aún no lograba aceptar la muerte de Yeonhui, ella fue, en cierto sentido, la primera visita que vino a darme su pésame. Luego comentó que se pudo comunicar con la hermana de Yeonhui. No quería velorio y pidió que la cremaran directamente. Los restos no serían depositados en un columbario sino esparcidas en una montaña o en un campo. Yeonhui abandonaría este mundo en su totalidad sin un pequeño refugio que pudiera albergar su espíritu. Yeonhui estaba completamente sola y, comprendí mejor que nunca, era mucho más solitaria de lo que yo había imaginado.

La enfermera titubeaba como si quisiera decirme algo más y recién cuando nos miramos a los ojos, me dijo que había otro paciente esperando para entrar a la habitación. Traduje las palabras de la enfermera como si me dijera que tras la puerta habían más vidas esperando su turno para morir. Tal vez la habitación no estuviera dentro ni fuera de la pantalla, sino que fuera solo una sala de espera entre la vida y la muerte. Me levanté de la cama. Como hacían la mayoría de las personas cuando trataban conmigo últimamente, también la enfermera me deseó un buen parto antes de irse.

Junté las toallas y la ropa interior para tirarlas. Los pañuelos húmedos y ese tipo de cosas se los regalé a la cuidadora. Ya no me quedaba nada por hacer. Antes de salir, observé la cama que pronto sería asignada a otra persona. La luz del sol, que viene de la eternidad y regresa a ella, ondulaba a su alrededor. Se revivó en mí el compromiso de ser testigo de la muerte de Yeonhui. Acababa de cumplir mi papel de observar su muerte, así que lo único que quedaba era darla a conocer al mundo y compartir el duelo. Despedir debidamente a Yeonhui que dejaba este mundo era la manera de recibirte a ti, que vienes hacia mí...

Salí del hospital y pasé por el supermercado. Compré carne vacuna, salmón, fideos, cebolla, hongos, zanahoria, salsa de crema y albahaca. Me tomé un taxi y cuando llegué al restaurante la puerta de vidrio estaba rota y abandonada, tal como la había dejado la anciana. Caminé sobre los vidrios rotos, entré a la cocina, preparé la carne y el salmón y lavé las verduras.

No tenía idea.

No tenía idea de qué sería lo mejor con respecto a Bokhui. Lo pensaba y lo repensaba mientras preparaba los ingredientes para la comida. Dudaba si sería un error no informarle la muerte de Yeonhui, pero hacer lo contrario era inviable. Ella misma me lo había dicho. Ella sobreviviría y, luego de mucho tiempo, nos volveríamos a encontrar en alguna ciudad de Francia o Bélgica y conversaríamos sobre la muerte de Yeonhui. Cuando llegase el día, yo le contaría el cómo y el cuándo, le describiría la habitación en ese momento y también mis últimas palabras. Al dejar Corea, Bokhui debió de pensar que aquel pequeño espacio del futuro donde nos volveríamos a encontrar era su último gesto de respeto hacia el pasado, y yo lo comprendía. Como la comprendía, justamente por eso, me sentía tan escéptica a la hora de llamarla. Cuando terminé de preparar los ingredientes, decidí no llamarla. El tiempo que se pospone la verdad para proteger a alguien también es parte de la vida. Decidí creer eso.

Pronto terminé de cocinar. Mientras ponía en la mesa el estofado de carne, el salmón grillado y la pasta con salsa de crema, todos los invitados llegaron al mismo tiempo. Seoyoung y Soyul trajeron flores de crisantemo y un vino; Eun trajo una lámpara ovalada y larga. Le pregunté qué era y me dijo que era una lámpara fúnebre. También me explicó que se debía mantener encendida durante todo el duelo como señal de la muerte de una persona. Luego fue hacia la entrada del restaurante, se subió a una silla y colgó la lámpara. Yo no podía apartar la vista de esa luz misteriosa. El empleado del centro apareció justo después con una botella de licor de arroz.

Comenzamos a cenar. Yo puse un plato de comida frente a un asiento vacío y los invitados miraban cada tanto allí mientras comían y bebían como si realmente hubiese alguien. Cuando anocheció, la luz amarilla de la lámpara se extendió por el interior del restaurante, envolviendo con delicadeza nuestra silenciosa mesa. Pensé que esa luz no era un símbolo de la muerte, sino más bien una delgada membrana que protegía los márgenes de la vida.

Luego de la cena, los invitados no se marcharon y permanecieron velando a Yeonhui, la protagonista de la cena. Soyul me preparó un té caliente y el empleado del centro cortó la sandía que había comprado en una tienda cercana. Seoyoung y Eun estaban debatiendo de la nada una película que se había estrenado hacía poco. Me gustaba ese bullicio. Con la mano apoyada en la barbilla, observaba esa algarabía y cada tanto sonreía.

Como siempre, más tarde, llegó la anciana con su carro. Era la última invitada que estaba esperando. La anciana, antes de entrar al restaurante, erguida como nunca, se detuvo un buen rato a observar la lámpara. Las partículas de luz amarilla creaban sombras de distinta intensidad en su rostro y en las diferentes partes de su cuerpo, para luego filtrarse en círculos amplios hasta el suelo.

—En el armario, hay un conjunto de dos piezas azul. Está envuelto en plástico. Y en el fondo del zapatero, unos zapatos negros y una sombrilla naranja. Tráigame todo eso —dijo con voz serena cuando me acerqué a ella sin dejar de mirar la lámpara.

Fui hasta la habitación, abrí el armario y busqué las prendas que me indicó. El conjunto de dos piezas parecía recién comprado, con los pliegues de las mangas y el dobladillo intactos. Cuando le entregué lo que me pidió, la anciana cargó con todo y caminó hacia la parte trasera del restaurante. La seguí en silencio. Puso las cosas en el piso y prendió fuego un manojo de papeles que agarró del carro, con los que encendió el traje. Las prendas que quizás Yeonhui había preparado para el día de su reencuentro con Bokhui comenzaron a arder. La anciana tomó unos billetes de su bolsillo, y también los arrojó a las llamas. Dijo que era dinero para quien emprende un largo viaje.

Los otros invitados también se acercaron. Seoyoung y Soyul imitaron a la anciana, y tiraron billetes a las llamas; el empleado del centro colocó unas cartas devueltas de Bélgica que Yeonhui no había llegado a llevarse. Entre esas cartas estaba la que Bokhui había respondido luego de diez años y que yo le había leído. Al poco tiempo, la anciana se sacó la camiseta y el pantalón y los tiró al fuego. Cubrí a la anciana medio desnuda con mi cárdigan. La ropa, el dinero y las cartas ardían. El crepitar de la tela y el papel que se consumían me hacía pensar en los pasos de Yeonhui hacia el más allá, y el humo que se elevaba parecía parte de su espíritu.

—Váyase —susurró la anciana acercándose a las llamas—. No se apene por las cosas de aquí, no deje nada aquí y váyase...

—...

—Váyase no más...

—...

—Cuando llegue allá...

—...

—No se olvide de llamarme.

—...

Esas palabras podían ser una despedida o un desahogo. La anciana permaneció un buen rato frente al
fuego. El resplandor de las llamas se reflejaba en sus
mejillas y se fue aminorando poco a poco. Hasta que
el fuego se extinguió por completo y el humo se disi-
pó, hasta que la ropa se consumió y las cenizas se
dispersaron por el aire, permanecimos detrás de la
anciana. Se me vino una imagen a la mente. Yeonhui
que regresaba a la oscuridad y Wuju que flotaba en
la oscuridad se cruzaban en silencio sin reconocerse.
Así como Wuju atravesaba el proceso de la evolución
que superaba los tiempos e ingresaba fluyendo a este
mundo, en esa misma medida el cuerpo de Yeonhui
iba perdiendo su composición y egresaba con la misma fluidez.

Chu Yeonhui, una persona que fue feliz por poder extrañar. Yo recordaría ese nombre hasta el final
de mis días. No olvidar ese nombre y criar a Wuju es
la muestra de respeto que debo guardar ante este
mundo.

Yeonhee murió.

Ella regresó a la oscuridad.

# CAPÍTULO VEINTIUNO

El primer viernes de septiembre era la semana veintidós desde que Wuju llegó a mí y se cumplía una semana de la muerte de Yeonhui. Y también era el día en que yo dejaba Corea.

Querían grabar la última escena en el aeropuerto, así que decidieron venir directo luego de alquilar el equipo de rodaje. Seoyoung se ofreció a recogerme porque yo llevaba mucho equipaje. Antes de que llegara, estaba ordenando la maleta de cabina cuando un ruido distinto al habitual empezó a oírse desde abajo. Al bajar las escaleras vi a dos hombres que sacaban del restaurante las mesas, las sillas y los platos que quedaban adentro. Ya habían quitado el cartel y parecía que también habían vaciado la habitación de Yeonhui. Lo único que podía hacer era pararme a unos pasos de distancia y mirar cómo iban desmantelando todo.

Los hombres tiraban algunas cosas y cargaban en el camión lo que se podía vender, luego instalaron una persiana metálica azul en la entrada. Al parecer, el dueño quería cerrar el lugar hasta conseguir un nuevo inquilino. La persiana bajó con un chasquido como si fuera un telón que anunciaba el final de una obra. Por último, los hombres arrancaron la lámpara funeraria y la arrojaron al suelo antes de subir al camión y marcharse.

Cuando el camión se alejó, recogí la lámpara y la volví a colocar en su lugar. Pensé que mientras hubiera alguien que recordase a Yeonhui, el duelo debía continuar y el símbolo del duelo debía quedar a la vista. Al apretar el interruptor, se prendió una luz pequeña y amarilla como un polluelo en el interior de la lámpara y esa luz tiñó de amarillo el aire a su alrededor. Era muy débil; ya casi no debía tener batería.

Luego me fui al descampado en la parte trasera del restaurante. Habían desechado todas las cosas de la habitación de Yeonhui allí. El armario y la cajonera de plástico con todas las puertas y cajones abiertos. Quedaron expuestas las medias y los paquetes de medicinas. El edredón y la almohada, con huellas de pisadas, estaban tirados así nomás al lado del armario, y el ventilador con el aspa rota yacía en el suelo junto al tendedero torcido en varias partes. También pude ver una caja desordenada con zapatos, espejos y otras cosas. Me acerqué y vi maquillaje, toallas, peines, lámparas. El cartel del restaurante con un borde doblado estaba apoyado detrás de esa caja. Parecía la lápida de una persona sin familia. Mejor dicho, ese cartel era la lápida de Yeonhui. Porque Yeonhui vivió los últimos diez años de su vida esperando a Baek Bokhui en el restaurante Bokhui, y por lo tanto ese nombre no podía ser otra cosa que su epitafio.

Primero cerré las puertas del armario y reacomodé los cajones, sacudí la ropa de cama y la volví a doblar.

Enderecé el ventilador y el tendero, y ordené lo que había dentro de la caja. Por último, me acerqué al cartel y limpié la superficie con la manga por un buen rato. Como si dejar el cartel reluciente pudiera impedir que alguien invadiera el reino de Yeonhui, como si el cartel pudiera proteger todas las cosas que habían quedado allí abandonadas... Coloqué el cartel en medio del descampado. Al menos el cartel, hasta que llegaran los recolectores de basura, probaría que este lugar seguía siendo el territorio de Yeonhui.

Me levanté y caminé.

Cerré los ojos y, con el dorso de la mano, sentí la textura del viento mientras caminaba lo más despacio que pude. A medida que caminaba, el mundo detrás de mí se iba derrumbando y mi cuerpo comenzaba a flotar de a poco. Era como si estuviera nadando en el vacío. Quizás, el mundo de la oscuridad inmaterial al que pertenecemos antes de nacer y al que regresamos cuando perdemos nuestro cuerpo está presente en el medio de la vida. Creí que había caminado mucho, pero no había ido lejos. Al volverme, el mundo se había vuelto monocromo. En ese mundo gris la lámpara amarilla era el único objeto con color.

En ese momento, volví a sentir un movimiento en mi vientre.

Wuju se había acercado un paso más al mundo donde había vivido Yeonhui.

Entre ellas, en el punto de equilibrio de ambos mundos, yo estaba de pie.

Abracé el viento hacia mi pecho. En el puñado de viento en mi pecho pude sentir el calor. Yo sabía, claramente, a quién pertenecía ese calor. Eras tú. En el puñado de aire que recibí en el abrazo se transmitía un calor. De quién era ese calor, por supuesto yo lo sabía. Eras tú.

—Wuju —susurré entonces—. Wuju —susurré una vez más.

# CAPÍTULO VEINTIDÓS

Los días en Montpellier transcurren divididos en dos partes iguales. Por la mañana, escribo la obra cuya protagonista es una mujer llamada Seoyoung; por la tarde, hago los quehaceres de la casa, leo libros y cuando Lisa regresa de trabajar cenamos juntas y tomamos el té. Mañana y tarde no son tiempos separados, sino un único día sin costuras. Lo que me lo recuerda son los llantos de Wuju, sus quejidos, su resistencia al sueño y el trabajo que todo ello me exige. Como sabrán, es una tarea ardua y monótona. A veces me asalta la idea desesperada de que solo entregando la vida entera podría realizar este trabajo.

A veces veo una película.

Es una película sin editar que recibí en forma de archivo hace un mes. Comienza en las vías del tren de la estación Cheongnyangni, luego transcurre en Itaewon, Incheon, Ahyeon, Hapjeong y Yeongwol para concluir en Incheon. La protagonista es Jeong Munju, que a su vez es Park Esther y que también es Nana. Aparecen la monja Gemma, Jeong Mungyeong, Park Suja y Baek Bokhui... Ya la he visto decenas de veces, pero se siente diferente en cada ocasión, tal vez porque puedo imaginar las expresiones y movimientos de Seoyoung, Soyul y Eun tras la cámara. Y también por los recuerdos del verano en Corea, como también el recuerdo de las personas que me he cruzado.

Si no me hubiera quedado dormida viendo la película y soñado aquel sueño, hoy habría seguido con mi rutina de siempre. El sueño fue así: yo caminaba por una pradera sin fin y cada vez que la hierba rozaba mis pantorrillas me transmitía una vitalidad fresca y aromática. En seguida se hizo de noche y una luna llena gigantesca llegaba hasta el horizonte. El cielo nocturno se expandió hacia el inmenso y magnífico universo. El color y la textura de ese paisaje era tan nítido, que al despertar sentía como si tuviera en mis brazos un fragmento de esa pradera.

Y desde ese momento me senté frente al escritorio, abrí un nuevo archivo y empecé a escribirte esta carta. Me di cuenta de que es la primera vez que te escribo. Más que una carta, quizá sea una confesión.

Como habrás adivinado, sí, es la historia de Wuju.

El junio pasado, mientras caminaba por un sendero en París, en realidad pensaba si tener a Wuju o renunciar. Creí que debía imaginar ambas decisiones y me esforcé por hacerlo así. Pensaba que no se podía juzgar ninguna de las dos como egoísta. A veces, pensaba que era más egoísta no renunciar a Wuju sino ponerla como garantía para aliviar mi soledad, mis ansiedades y en un futuro hablarle a la gente de un corazón generoso. También tenía miedo de que Wuju se acostumbrase a la frustración de los fracasos y que se transformara en una persona vacía que ya no intenta más nada. Me daba miedo que Wuju se convirtiera en una adulta incapaz de recibir el mundo con sus propios sentidos, incapaz de interpretar críticamente las desigualdades de los que tienen más y de los que disfrutan menos dentro de la estructura social, y que solo mirase como una espectadora lo que le ocurre a los demás, como un fantasma vivo... ¿cómo podría yo tratar a una Wuju así? Pero lo más aterrador era otra cosa. Que Wuju se pareciese a mí; que se pareciese en el aspecto más débil y solitario. Ese era mi mayor miedo. Recordé mis días universitarios. Era la época en que pensaba que era mucho más humano extinguirse sin nacer que vivir en vano y morir en soledad. También era la época en que odiaba con todas mis fuerzas a quienes engendraban vida de forma irresponsable, la abandonaban y la olvidaban.

Pero ese día, a pesar de todos mis miedos, decidí tener a Wuju.

Porque yo era la prueba.

Porque nací, fui rescatada, protegida, me convertí en la hija de alguien, trabajo como actriz y dramaturga y ahora formo una maravillosa familia con Wuju: soy una prueba viviente de la vida. También abarco a la persona que fui cuando pensaba que debí haber sido abandonada antes de nacer y a la que soy ahora, que todavía no consigue liberarse de ese pensamiento.

Mamá, ¿me escuchas?

Yo estoy aquí, viva.

No sé cómo me habrás nombrado tú, pero en una época yo fui tu todo.

Recuerda esto...

Que yo estoy aquí, viva, con muchas ganas de llamarte «mamá» y contarte un sinfín de cosas.

Es una petición distinta de comprenderte y perdo-
narte.

Te deseo la paz.

Es mi corazón sincero.

# Palabras de la autora

Hubo una época en que las «palabras de la autora» me parecían innecesarias, y por eso muchas veces no las escribí. Pero si estoy sentada aquí ahora, es porque esa actitud *cool* no me duró demasiado.

Antes que nada, quiero decir que el título de esta novela, *Corazón sincero*, lo tomé de la frase temática de la décima edición del Festival de Cine por los Derechos de la Mujer. Quiero dedicarle estas palabras de agradecimiento al equipo que estuvo a cargo de ese festival.

Quiero agradecerle a Jane Jeong Trenka. Si no me hubiera cruzado con *The Language of Blood (El idioma de la sangre)* a mis treinta, no habría tenido tanto interés en la adopción ni en los adoptados. Al escribir esta novela leí innumerables veces su artículo *A Million Living Ghosts: Truth and Reconciliation for the Adoption Community of Korea (Un millón de fantasmas vivos. Violencia sistemática, muerte social y la adopción al extranjero desde Corea)* para asegurarme de que no se me hubiera escapado nada. Por suerte, me encontré con ella en un evento del Instituto de Traducción Literaria de Corea (LTI Korea), antes de que se publicara mi libro. Le pregunté con delicadeza si una persona que no es adoptada puede escribir una novela sobre la adopción. Me sonrió y respondió «*why not?*». Aprovecho esta ocasión para decirle que esa sonrisa fue un gran apoyo para mí.

Esta novela también se inspiró en el documental *Tour of Duty* de los directores Kim Dongryung y Park Kyungtae y en la película autobiográfica *Una vida nueva* de la directora Ounie Lecomte.

De no ser por los artículos y ensayos que analizaron las problemáticas en torno al sistema de adopción y la historia de los barrios militares, este libro hubiese quedado incompleto. Aunque no puedo mencionar a cada uno, quiero agradecer a todos los autores que he leído y abordan esta temática. También quiero darle las gracias a Rosa, con quien desde hace mucho tiempo nos reuníamos una vez cada dos semanas para hacer intercambio de idiomas y terminamos siendo amigas. Ahora perdimos contacto por mi culpa, pero si lee este saludo desde algún lugar, me haría muy feliz. Sus relatos sobre la vida luego de la adopción hicieron que escriba esta historia.

También quiero agradecerle a Kim Yoonjung por asesorarme en los temas médicos y al autor Lee Hyunsook.

Parte de esta novela se publicó entre junio y septiembre del año 2017 en una plataforma digital de la editorial Minumsa. Agradezco a la promotora Sung Yeonju, y a los lectores que hicieron posible esa publicación. Realmente le agradezco a Minumsa por haber creído en mí desde el primer libro hasta llegar a este octavo. También a la crítica Kim Mijung y al poeta Kim Hyun por sus reseñas. A la editora Kim Hwajin, que siempre fue mi primera lectora y no dejó de aconsejar ni alentarme en los numerosos intercambios por correo electrónico. Mientras viva, yo también alentaré su trabajo y su literatura. Por último, quiero agradecerle a «M» que siempre se preocupa por mí, y a «H» por haberme prestado una letra de su nombre.

Esta novela comenzó con mi cuento «Munju» publicado en mi libro *Guarded by Light (La guardia de la luz)*. Pero no fue el que detonó el origen de esta historia.

Un día, mientras caminaba por la calle, vi a las innumerables personas que transitaban. De repente me pregunté de dónde venían, cómo vivían y qué tipo de vidas tendrían. Pensé que cada uno tiene un origen diferente, una vida y un futuro diversos; eso me hizo dar cuenta de que no hay nada más grandioso que la vida misma. Ese día, quise escribir una novela cuya temática fuera la vida. Quizás, quería escribir esta novela para recordar a los que perecieron antes de poder conformar un universo completo.

Si es que se me permite, me atrevo a decir que *Corazón sincero* es una dedicatoria para todas las vidas de este mundo.

Así les soy sincera.

*Cho Haejin*
*Verano del año 2019*

# ¿TE HA GUSTADO
# ESTA HISTORIA?

Escríbenos a...

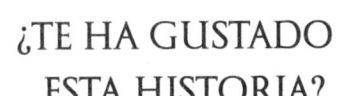

plata@uranoworld.com

Y cuéntanos tu opinión.

Conoce más sobre nuestros libros en...

 plataeditores

 PlataEditores